莎拉是巫女

1

真假巫女

火绒草◎著

安徽文艺出版社

图书在版编目（CIP）数据

　　莎拉是巫女.1.真假巫女/火绒草著.-合肥：
安徽文艺出版社，2005.8
　　（非凡奇幻小说系列）
　　ISBN7-5396-2593-7

　　Ⅰ.莎…Ⅱ.火…Ⅲ.奇幻小说-中国-当代-
Ⅳ.I247.5

中国版本图书馆CIP数据核字（2005）第075035号

莎拉是巫女①真假巫女
X-Fantasy 非凡奇幻小说系列

作　　者	火绒草
责任编辑	吕冰心　伍蒍
封面设计	领读工作室
印前制作	贾丽娟
出版发行	安徽文艺出版社
	（合肥市金寨路381号）
	（邮政编码：230063）
	（网址：www.awpub.com）
经　　销	新华书店
印　　刷	北京兆成印刷有限公司
字　　数	100千字
插　　页	4
开　　本	880X1230　1/32
印　　张	6.5
版　　次	2005年8月第1版
印　　次	2005年8月第1次印刷
书　　号	ISBN7-5396-2593-7
定　　价	18.00元

内容介绍

莎拉是巫女1

在孤儿院长大的莎拉，调皮捣蛋爱冒险，却被视为怪胎，只因她没有魔法世界里人人出生就拥有的——先天属性。某天，一位银发重战士特拉伊突然来到，告诉她：她是尊贵的爱兰格斯巫女，而且早在十六年前就惨遭杀害……

满心疑惑的莎拉，和特拉伊、萨克骑士一同踏上寻找真相之旅，在抵达巫女村时，竟发现这里已有一位转世巫女，和她长得一模一样，究竟谁是冒牌？谁是正牌？

假冒危机还未解除，莎拉却被背叛者掳走，成为吸血鬼公主的祭品，是谁背叛了她？特拉伊还是萨克？……

莎 拉

第三十二世巫女，她纯真、善良、勇敢，在很多时候，虽然她是一个受伤害者，但总能保持一颗宽容的心。

特拉伊

一名面容俊秀、身材挺拔健美、先天属性为黄的重战士，他是巫女的守护骑士，但是他却爱上了黑魔导士墨的女儿艾娜。为了治好爱人的病，他不惜利用和欺骗莎拉的感情，屡次诱使莎拉落入魔爪。

艾 娜

墨的女儿，依靠吸食血液为生。她出生之时就带着从母亲那里继承下来的仇恨。

贝 塔

墨的侍从，一个邪恶而丑陋的家伙，他也是艾娜的爱慕者。尽管艾娜并不喜欢他，但为了她，他可以不择手段地去做一切。

席恩·嘎帝安

嘎帝安家族的少主，是巫女殿下最忠实的守护者。

萨克里菲斯

特拉伊的师兄，一个心地善良、英勇无畏、扶危济贫、勇于自我牺牲的圣疗骑士。他忠诚地守护着莎拉，给她无比的关心和爱护。

约代穆

长者骑士，特拉伊和萨克里菲斯的老师，他是十六年前那场巫女和墨王大战中惟一幸存下来的骑士。

斐黛尔

最后一只独角兽，她可以使用复活魔法让死人重获生命，但同时也要消耗自己的生命。

墨先生

北岛玄诺尔的国王，艾娜的父亲。他是一个天才的黑魔导士，不仅掌握了大部分古老邪恶的黑魔法，还学习其他属性的魔法。无尽的仇恨蒙蔽了他的心志，使他成为了莎拉最危险的敌人。

目 录
莎拉是巫女1

恢复战前总人口的一半。

这名年轻的骑士只比特拉伊大五岁，举手投足却散发出截然不同的优雅气质和成熟魅力。莎拉回头的时候，鼻尖不小心擦到他的脸颊，她顿时面红耳赤起来。多俊俏的人！他的五官深刻、完美，简直像是精雕细琢的雕像……只瞥了一眼，莎拉便心跳紊乱，呼吸也变得不顺畅。最令她在意的是，此刻他的手正搭在她的腰肢上。

老骑士说的究竟是不是真的？她的记忆真的被封印了吗？为什么要封印？又被封印在哪里？爱兰格斯亚女的遗体如果真如骑士所说的，能够解开封印的话，那遗体又在哪里？虽然这么说对死人不太恭敬，可一具摆放了十六年的尸体不是早已腐烂成泥巴了吗？即使生前魔力再强大，死后也都烟消云散，回归为零，那亚女的遗体又怎么可能有魔力为她解除封印？看来，问题的关键还是在十六年前导致亚女死亡的那次事件。

"理由我并不清楚，据老师说，那是由于对亚女力量极端嫉妒而产生了仇恨的心理。墨出身于上流黑魔导士世家，先天属性黑，优越的环境加上自身的天赋，造就了一个精通黑魔法的天才。他不仅掌握绝大部分古老邪恶的黑魔法，还大量阅读其他属性的魔法书，尽一切可能熟悉所有魔法。然后，可怕的事发生了，他创造了一种全新的属性，也是现有的八种属性中，惟一的一个后天属性——银色。"

"怎么，真以为自己是高高在上的巫女？"贝塔冷笑道："你每天仔细涂抹的这张伪善面孔，也不过是陈旧破败的人皮罢了，莫非长久的糜烂堕落生活使你可悲地把现实与虚幻混淆了？如果真是这样的话，那我不得不好意提醒你，我们的陛下可不是瞎子。"少女立刻涨红了俏脸，怒不可遏地尖叫："我、我不需要你的提醒！你只管做好自己的事就行了。"

"没什么大不了的。"他故作轻松地说："也许是我看走了眼。啊，莎拉，我的焦虑传染给你了，你看你，脸色那么坏……"他做了个安慰她的动作，话还没说完，莎拉的匕首突然掉落在地，凄厉的尖叫声像是受惊的鸟直冲上天："后、后面……快闪开！"然而她的警告太晚了，巨大的钝器砸落在特拉伊头顶，他一声不吭，直挺挺地倒了下去。特拉伊倒地的瞬间，身后出现一张怪异丑陋的脸孔，莎拉惊恐地瞪大眼睛。男人咧开嘴，眉毛高高扬起，奸邪一笑，"小姐，你的恐惧使我很愉快。"

从少女的口中忽然迸出一声令人毛骨悚然的呻吟，特拉伊像是被针扎到般跳起来，脸色立刻变得十分难看。他没有阻止心上人的行动——她瞪圆了充满血丝的眼睛，嘴巴张得足以吞下一头狮子，倏地向莎拉扑过去，在莎拉反应过来之前，已凶狠地掐住她的脖子，一口咬住喉咙。

"哈……哈……"看见这一幕的莎拉不禁大笑起来。多么滑稽啊！想要得到鲜血的人反而付出了鲜血，人心邪恶，自食苦果，这便是报应啊！她真庆幸自己的血是有毒的，这比任何一句恶毒的谩骂要来得管用。"来啊，你们都来喝我的血，来吧，都来尝尝自己的良心！"特拉伊失去了理智，暴怒地跳起来，揪着莎拉的脖子恶狠狠地威胁："你究竟做了什么？快告诉我！我发誓我不会放过你的！"

第十一章　逃出王宫　

莎拉终于成功地脱下那令人窒息的束缚，感到一身轻松，她呻吟着躺在地上，缓缓舒展手脚。萨克仍然背对着她，白色的治疗魔法包围全身，她注意到他的袖口被烧成焦黑，裤脚破了许多处，左侧的腰带已经被血染红一片，手背上也布满伤痕。她撇撇嘴，心里忽然有些不忍，萨克这样厉害的人，或许从来没有让自己如此落魄过吧……

第十二章　陪你流浪　

"真是好主意！我为你感到高兴，莎拉。"年轻的萨克骑士如释重负地笑了，他默默注视了她好一会儿，好像怎么也看不够似的。随后，他拉起她的手，将嘴唇贴着手背，印下长长的一吻。他道："如果不介意的话，就让我陪你去流浪吧！"

第 *1* 章

先天属性

　　是的，先天属性，每个人一出生就拥有的东西，莎拉却没
有。不，或许她是有的——只是没有人能看得出来。至少孤儿院
魔力最强的老院长看不出来。新出生的婴儿在接受洗礼的同时，
就会被判定先天属性。先天属性分六种：青和黄，赤和绿，黑和
白，两两相克。既被称为先天，便是与生俱来的属性，没有人能
选择，也没有人能改变。

第一章　先天属性

八月，夏日炎炎。

孤儿院老院长接过弗洛尔递上的毛巾，覆上汗涔涔的额头，清凉舒爽的感觉令她喉间发出低吟。

"院长，休息一会儿吧。"太阳底下，弗洛尔眯起眼睛，两颊的小雀斑俏皮地闪耀发光，她口中说着，手忙不迭地在洗衣板上揉搓，污浊泛黄的长袍在她手下逐渐变白。"今天，埃莉也要走了吧？"

"是啊。"

老院长叹气，抖开洗干净的衣服，挂在晾衣绳上。

"多好的一个孩子，看花朵枯萎也要伤心落泪的好姑娘，却被霍奇那老淫棍看上。当他向我提起这个请求的时候，我几乎忘记了我的名字和身份，瞪着他那两撇乌黑发亮的胡子，脑子里直想着怎么保护我的埃莉。可是，那狡猾的魔鬼把整整一袋子金币甩在桌上，得意地观察我的表情……"

弗洛尔轻声咳了咳，老院长急忙咽下突然涌出的悲哀，不出声了。

弗洛尔年轻懂事，当然不愿意再继续这令老院长尴尬的话题。霍奇是什么东西，她很清楚，他所拥有的庄园有多豪华富裕，她也了解，以他的地位势力和金钱，想收养小小孤儿院的一名姑娘，简直比左手牵住右手还简单。老院长是个很容易把别人的不幸归咎为自身错误的人，她为了用一袋金子放弃埃莉的事深深自责，但事实不是这样。

"院长，埃莉会照顾好自己的，我保证。"弗洛尔露出温和的微笑。

老院长抓过一头浑身卷毛、色彩斑斓的咩咩羊，喘息着坐在这小东西的身上，这样能缓和她因长时间站立而产生的腰痛。她一边抚摸痴肥的羊身，一边自言自语：

"如今，院里成年的孩子中间，只剩下你和莎拉两个人了。在我未爬进棺材之前，你们就一个接着一个离我远去了，这是多么令人难过的事情啊！"

弗洛尔赶在老院长发出第二声叹息之前，急

忙回答："弗洛尔永远不会离开你的，我永远陪着你。"

"要是莎拉也像你这么懂事，该有多好。"

老院长想抚摸弗洛尔那头漂亮的金色卷发，还有因洗衣而粗红的手指，却在伸出手的一刹那，听见不远处传来凄惨的啼哭声。老院长惊得跳起来，咩咩羊打了个滚，展开红色的小翅膀飞走了。

"一定又是莎拉！那个成天捣蛋的小恶魔，今天我非把她揍成肉饼不可！"老院长卷起袖子，怒气汹汹，蹒跚地迈向屋后的森林。

果然，一群小个子男孩哭哭啼啼地从森林里奔出来，奔跑的时候还夹杂着古怪的动作，见到院长更是止不住决堤的眼泪，号啕大哭着投进她的怀抱，"院长、院长，莎拉又欺负我们！"

"怎么了？我可怜的孩子们。"

"呃！"其中一个年龄最小的孩子哭得打起嗝，不由自主地手舞足蹈，双手在空中乱挥，伤心地向院长哭诉："院长，莎拉骗我们说，滴滴熊的窝里有好吃的蘑菇，结果……结果那根本不是蘑菇，是跳跳菇啦！呜！"

跳跳菇，又称为小丑菇，一吃下肚子，就会不受控制地像小丑一般张开两脚跳起奇怪的舞。

人虽吃不得，滴滴熊却酷爱这种食物，在熊的眼里，能歌善舞可是它们的专长呢。现在，围着老院长乱舞的这群孩子中，就混着一只娇小的浅绿色滴滴熊，正陶醉地旋转肥肥的身子，欣赏自己"美妙"的舞姿。

"莎拉！你给我站出来！"老院长喊道，在那只滴滴熊的脑门上一挥，趁它还未醒来之前，拎着它的脖子便扔进树林里。

男孩们仍然迈着诡异的舞步。老院长对着一棵树大声斥责："别躲了，出来！我看到你那条脏污的裤子了。"

"嘻嘻。"

一簇火红的头发从树洞里冒出来。

莎拉一双水晶般的大眼睛调皮地眨了眨，小嘴咧开，露出一排整齐的牙齿，笑吟吟望着气结的老院长。"哎呀，真糟糕，又被发现了！"

莎拉的调皮永远是老院长心头的痛。自小，莎拉就具备将整个孤儿院搞得天翻地覆的能耐，捣乱惹事的基因仿佛从一生下来就跟随着她，然后在老院长的宠爱下发扬光大。

两岁时，她偷吃魔法饼干，上吐下泻，险些赔上小命；四岁时，她把院长珍藏的魔法草绞碎了撒在盛汤的大缸里，作为大家的午餐，结果所

有的孩子在一天之内长高一年的份额，除了她自己；八岁时，她私自外出，偷了两枚鸟蛋回来，后来孤儿院被凶恶的吼吼鸟围攻了整整三天；十岁时，她拖着小她一岁的弗洛尔挑战喷火巨龙，可是很不幸的，她被院长救回时，浑身焦黑，动弹不得；十二岁时，她和霍奇老爷打了一架，被打趴下时，悄悄在他屁股后抹了点泥浆虫的臭液，孤儿院因此两个月没领到捐献；十三岁时，她在咩咩羊身上洒魔法药水，正逢镇长到孤儿院参观，见到一群像山一般巨大无比的肥羊，镇长大病一场，从此孤儿院无人问津；到了十五岁，也就是去年，她误喝美人鱼的泉水，根根头发变成细蛇，只好忍痛削成短发，返回原形的发丝被院长细心地编成发辫收藏了起来……但这样一个小姑娘，即使再调皮也教人恨不起来，老院长无奈地想。

"老太太，你盯着我发呆做什么？"

莎拉喜欢称呼院长为老太太，以显示自己的与众不同。

此刻，她笑得一脸顽皮，一头鸟窝似的乱糟糟红发下，是一张白皙的脸，脸上交错着斑驳的污痕，衣领歪斜，还沾着两片树叶，活似个半大不小的邋遢男孩。

她的声音将老院长从短暂的回忆中拉回，她气急败坏地喊："莎拉！孩子们练习魔法的时间，你胡闹些什么？跳跳菇是能随便给孩子们吃的东西吗？"

"我无聊啊。"莎拉满不在乎地把手插进裤袋，灵活的眼睛闪着狡黠的光芒，"而且跳跳菇也的确好吃啊！"

老院长从怀里掏出一本厚厚的魔法书，丢给莎拉，用命令的口吻道："找出那条能解除跳跳菇状态的魔法。"

"我才不干！反正我不懂魔法！"莎拉看也不看丢过来的书，把玩着大树的树枝，把树上的疙瘩一个一个按进树干里去。

"莎拉！"老院长提高音量，"见鬼，你不懂是因为你不努力学习，这世上长到十六岁还不会魔法的人，除了你没有第二个！"

莎拉吸了吸鼻子，低下头。不是她不努力，她很清楚第三百四十四页第七条魔法能解除跳舞状态，她也完全懂得怎么施用魔法，但她就是使不出来。

她不会魔法，连魔法书第一页第一条——给物体加热，她都做不到。

"老太太。"莎拉说，"如果你肯好心告诉

我，我的先天属性究竟是什么，我现在就去学习魔法。"

"噢！你这只狡猾的小猴子！你总是拿这个借口来搪塞。"老院长抱着额头呻吟，却完全无法反驳莎拉的话。

是的，先天属性，每个人一出生就拥有的东西，莎拉却没有。不，或许她是有的——只是没有人能看得出来。至少孤儿院魔力最强的老院长看不出来。新出生的婴儿在接受洗礼的同时，就会被判定先天属性。先天属性分六种：青和黄，赤和绿，黑和白，两两相克。既被称为先天，便是与生俱来的属性，没有人能选择，也没有人能改变。

属性的颜色决定魔法学习的方向：青擅长模仿，凡是普通魔法，见了即能过目不忘；黄擅长搏击，一般使用剑、刀等武器作为魔法的承载体；赤擅长博学，能学习比其他属性多几倍的魔法，却无一能精；绿擅长修补，打造和修补魔法武器就要靠他们；黑白属性都擅长大型攻击魔法，除此之外，黑主结界，白主治疗。

无论大人小孩、男人女人、飞禽走兽、妖魔精灵，所有的生命，都是有先天属性的。惟独莎拉没有。

"来，孩子们，靠近我。"

老院长放弃对莎拉的指责，招呼男孩们围拢过来，当她两手闪现白光的一瞬间，孩子们像是被齐齐剪断牵线的木偶，在同一时刻停止舞蹈，手脚酸麻，疲倦地倒在地上，连哭泣的力气也没有了。

莎拉无趣地靠在树干上，看院长做她从来做不到的事。莎拉曾问过弗洛尔知不知道院长的先天属性，弗洛尔很快地点头，令莎拉十分吃惊。弗洛尔似乎有观察别人属性的天赋，每次猜测都百发百中，屡试不爽。弗洛尔对莎拉用"猜测"这个词很不满意，她说她不是猜的，而是看的，她能在每个人的手上看到属性的颜色。

但是，弗洛尔对莎拉摇头，她看不到她的颜色，莎拉像是个无底黑洞，任何色彩都被黑洞吞没了，消失得无影无踪。

弗洛尔跪在临窗的椅子上，瞪大眼睛望着小花园里的陌生人。她好奇极了，尽管那人背对着她和老院长交谈，她所能看见的只是一条长及膝盖的银色发辫，以及镶有金色肩饰的黑色披风，但她仍然兴致勃勃地观察难得前来的稀客，目不转睛地盯着他的背影。

"莎拉,你知道他是谁吗?"弗洛尔问。

莎拉吞下最后一块甜饼,用力抹了抹嘴唇,趴到窗台上,声音含糊不清地说道:"怎么是个男人?"

"男人怎么了?"弗洛尔的小雀斑在红晕的衬托下格外醒目,她仿佛察觉到那人向她这个方向瞥了一眼,脸颊顿时腾起红云,几乎涨成和嘴唇同一个颜色。

"你知道的,我不希望收养我的人是个男人。"莎拉噘起嘴巴,在弗洛尔惊讶的注视下径自说道:

"有什么好奇怪的?你知道,现在孤儿院里就剩你和我超过十五岁,这个人如果是来领养孤儿的,就只能在我和你当中挑选一个。"

弗洛尔的脸又恢复平静的神色,她拉着莎拉的小手说:"莎拉,我不想离开孤儿院,不想和你还有院长分开。"

莎拉沉默了一会儿,看看弗洛尔,又转头看着窗外的男人,她有足够的理由相信,只要那人不是个瞎子,他就一定会挑选弗洛尔——她长得多漂亮啊,就像阳光一样耀眼。于是她点头,脸上浮起自信的微笑,满不在乎地撇撇嘴说:"这还不容易吗?"

看见这种表情，弗洛尔知道，又有个人要倒霉了。

孤儿院的小花园，既没有多少花，也算不上园子，只是院长空闲的时候用大石块围起来的一块草皮罢了。老院长颇有情调地搭了个木架子，摆了两张草藤编织的摇椅。如今架子爬满翠绿的植物，还开了两三朵小花，阳光透过缝隙洒下星星点点的光影，落在俊挺的年轻人脸上。

"长者骑士？"

老院长颤抖地接过年轻人手中的信纸，脸上受宠若惊的表情表露无遗。无论她有没有听过这个名号，"骑士"这个头衔也足够让她惊惶失措了。得到骑士的称号需要付出多大的努力和艰辛，没有人清楚；需要经历多少考验和磨难，也无人知晓详情；人们只知道一件事，并且，只需要知道这一件事就已经足够了：世上总共只有三名骑士。

年轻人坦然面对院长的窘迫，带着南岛雪布兰的口音回答："是的，他老人家年纪大了，出门不方便，于是委托我来这里。我是他的学生——特拉伊。"

信上只有简短的两行字，交代了长者骑士和

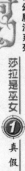

特拉伊的师徒关系，信的末尾署名"约代穆"，想必那是骑士的本名。信纸的右下角逐渐浮现施加了魔法的徽章，果然有长者两字。

老院长抬起头，重新打量眼前这名从南岛远道而来的年轻人。

他很年轻，至多二十岁，脸长得十分干净、俊秀，身材挺拔健美。黑色披风下是典型的战士打扮——青灰色棉布劲装、粗腰带、粗绑腿，简单利落。

他的先天属性黄，老院长根据他的肌肉线条，猜测他是一名重战士。

特拉伊沉着自若地接受她的目光审视，带着贵族一样的傲慢，但又尽量表现出谦逊礼貌，等待院长开口询问。

"特拉伊先生，如果有我帮得上忙的地方，我义不容辞。"

信上并没有写明此行的目的，院长感到疑惑，如果骑士是来寻找某样东西的，小小的孤儿院里多半没有；如果目的是领养孩子，专程从南岛跑来西岛，又实在说不过去。她反复考虑着各种可能性，却没有把疑惑写在脸上。

"是这样的……"特拉伊犹豫了一会儿，斟酌着该用哪种方式表达出来，才不至于吓坏眼前的老妇人。他知道，年纪大的人脆弱的不只是牙齿和骨头，心脏也是。最后他清晰而缓慢地说了出来："我来这里，是为了迎接巫女殿下。"

尽管他说得很慢，也很轻描淡写，老院长仍然不由自主地捂着心口，眼睛翻白，半天才发出声音："噢！噢！我的耳朵，我希望它没有出错！我究竟听见了什么？巫女殿下？真是太不可思议了！"

"是的，很不可思议。"特拉伊附和道。

"这件事你敢肯定吗？特拉伊先生，我不得不提醒你，年老的人不喜欢年轻人对他们开玩笑，尤其是这种开不起的玩笑。"

"我当然明白，院长夫人。"特拉伊十分有教养地微笑，忽然侧过身，炯炯有神的目光射向花园外的某个地方。

他的笑容扩大，"我不但十分肯定，并且，我还亲眼见到了。"

第一次看见那头银发，莎拉就觉得十分刺眼，从头到脚浑身不舒服，从来没有一种颜色能令她产生这种被压迫的感觉，而这个人的头发却轻易做到了。她盯着那条闪耀银色光芒的发辫，有股扭身逃离的冲动，但是手掌里的那个小东西

即将破壳而出，她如果就此放弃，有违她一贯的作风。

她仍然一步一步向院长和客人走去，勉强自己正视那片碍眼的色彩。

出来了！莎拉跨过乱石的那一刻，握在手心的蛋壳破碎了，毛绒绒的脑袋贴着她手掌敏感的皮肤，传来阵阵瘙痒。这是莎拉前一天在蘑菇堆里找到的鸡蛋，凭她的经验判断，这是嗒姆鸡的后代，现在看来，她的判断没有错。

嗒姆鸡是一种十分凶猛的动物，刚出生的小鸡就会从嘴里喷射出漆黑的唾液，黏稠而腥臭，一旦沾上皮肤或者衣服，好几个星期都清洗不干净的。

想到这里，莎拉掩饰不住眼中的骄傲和激动，她几乎可以预见到客人难堪的脸色以及难听的咒骂，如果他一怒之下离开这片土地就更加完美了。

"莎拉，你怎么来了？"

老院长惊惶地转过身，下意识地把信纸藏在背后。

"我只是觉得，站在火热的太阳底下那么久，这位先生一定很口渴了。"莎拉全部的注意力都集中在特拉伊的身上，无暇顾及院长的举动。她调皮地眨眨眼睛，"所以，我带来了清凉的饮料。"

她使劲掐住嗒姆鸡的喉咙上下摇晃，算准时机，瞄准特拉伊的脸，突然举起右手，受了刺激的嗒姆鸡像是鼓胀的水管，喧嚣着射出令人厌恶的液体。

"噢！见鬼！"

莎拉看见一张难堪变色的脸，也如愿听见了咒骂声，但是她一点也不高兴。因为老院长像是踩到粪便一样愤怒地跳脚，低头望着胸口一大片污渍，而那位本该受到警告的年轻人，此刻却好整以暇地站在莎拉背后，露出嘲弄的微笑。

莎拉懊恼地丢下无用的蛋壳，转身瞪视他。她感到十分好奇，一瞬间的工夫，他是怎么跑到自己身后去的？

"真可惜，我并不怎么口渴，下次如果有机会，我愿意细心品尝。"他的语气充满戏谑。

莎拉刚要发火，特拉伊收起笑脸，解开披风，郑重其事地在她面前屈膝下跪。事实上，只有骑士才有资格对巫女行下跪礼，但特拉伊是代替长者骑士远道而来，他觉得这么做并不过分，于是他把手掌摊开，伸向目瞪口呆的莎拉。

他的眼睛是黑色的，深沉得像宁静的星空，

牢牢吸引住莎拉的目光。等到她回过神来，她的手已经不自觉地放到对方手掌上。

特拉伊低头亲吻莎拉的手背，恭敬地说："尊贵的巫女殿下，请接受我最真挚的敬意，并允许我代替长者骑士迎接殿下回巫女宫殿。"

"你想要干什么？"莎拉很快地抽回手，特拉伊的嘴唇直接吻在她的皮肤上，使她浑身战栗，舌尖僵硬。她把这种奇妙的感觉归结为身体的不舒服，并联想起森林深处的美人鱼，她们用细细的舌头舔她手指头的时候，也是这种感觉。

"先生，我想你弄错了，我的名字叫莎拉，并不是你口中的巫女。如果你不是弄错的话，那一定是在捉弄我了，虽然我的嗒姆鸡没有成功地吓退你，但不代表我没有其他方法卸下你那轻蔑的微笑。"

"我并没有弄错。"特拉伊辩解，"我再不济，对于分辨先天属性的颜色，还是十分有自信的。"

莎拉和老院长几乎同时喊出口："什么？你说先天属性？"

"没错！"特拉伊淡淡地一笑，缓慢地说："莎拉小姐，你的先天属性——是紫色的。"

第 **2** 章

吸血公主

　　"我要喝她的血……噢！不！这些都不是我要的。"床上的美人睁着充满血丝的大眼睛，娇弱的身子痛苦地抽搐着，向空中挥舞的胳膊打中了女仆手中的水壶，水壶跌落在地毯上，淌出鲜红黏稠的液体。

第二章　吸血公主

西岛赤路姬是东西南北四个岛屿中最小的一座岛，位于南部高山上的孤儿院又是该岛最小的一所孤儿院。

孤儿院没有名字，也没有声望，除了山脚下的庄园主人霍奇老爷每月捐助资金之外，它几乎没有其他的经济来源。老院长只能靠着多年的积蓄和霍奇老爷的赞助，勉强抚养着二十多名无家可归的孤儿，并教导他们最基本的知识和最初级的魔法。

老院长以为这种贫穷而艰苦的生活会一直持续到她躺进棺材，每每想到这里，她总会替孩子们难过，伤心得落泪。

可是某一天，孤儿院来了一位英俊的年轻人，一夜之间，孤儿院忽然就成了全岛最富裕的机构。

在老院长和弗洛尔眼中，年轻人带来的金币简直堆得像座小山，她们花了一下午的时间，也没能数清楚这笔巨款的数额。

老院长问弗洛尔：

"是五百七十六万八千四百零六，还是五百七十六万八千四百二十六？"

弗洛尔反问院长："这有区别吗？"

"是啊！噢，我的弗洛尔，我们有钱了！"

老院长快乐地拉着弗洛尔跳起了拉莫风舞蹈，虽然以她这个岁数跳这种轻快的舞步有点滑稽可笑，但这个时候又有谁会在乎呢？

弗洛尔努力地挤出笑，却快乐不起来。莎拉是不是巫女对她来说并不重要，重要的是——莎拉是她的好朋友，而她如今要走了，这使她难过不已。

"咦？孩子们都上哪儿去了？"老院长拍着额头，这时才想起那群可爱的小东西，换作平时，他们早就嚷嚷着要吃晚餐了，今天却没有一丝动静。

"我猜在那间屋子门口，你知道的，我们只有一间待客的屋子。"弗洛尔说。

院长摘下围裙，卷起袖子，一言不发地向后屋走去。

弗洛尔急忙跟上前，挽着她的手臂。她知道院长一向注重礼仪，对于在门外偷听这种事惩罚

得特别厉害，她劝道：

"院长，请别惩罚他们！孩子们很好奇，想看看带给我们巨大财富的老爷究竟长什么模样，这也是情有可原。而且，莎拉若是走了，他们都会很寂寞的，今天就让他们再仔细看看莎拉，听听莎拉的声音吧。"

老院长加快脚步，脸上却带着喜悦的微笑，事实上她的嘴角自刚才开始就没垮下来过。听了弗洛尔的话，她一本正经地回答：

"惩罚？噢！是的，如果偷听要被惩罚的话，也一并惩罚我吧！"

莎拉穿着老院长年轻时的连身裙，这是她惟一一件没有补丁的衣服，并不是因为她特别珍惜老院长的礼物——相反的，她对这套衣裙的讨厌程度不亚于霍奇老爷讨厌她的程度，只是因为这是一条裙子。

莎拉从来不穿着裙子出门，而她大部分时间恰恰都用来在户外玩耍，所以，这条裙子根本没有破损的机会。

莎拉的手脚都洗得很干净，身上也喷了好闻的香水。原本蓬松的小卷发，此刻被拉直了绑在脑后，露出她精致漂亮的脸蛋。

她对着镜子梳妆时，惊奇地发现镜中人原来竟是如此迷人，或许是因为她已很久没有照过镜子，又或者因为她的脸上总沾着污泥和灰尘，遮掩住了她夺目的光彩。

总之，莎拉长到十六岁，第一次发觉到原来她长得并不比别人差，甚至，比大家公认的美人弗洛尔还标致一些。

为了庆祝这一个新奇的发现，莎拉还特意在耳后插了两朵小黄花，她对着镜子转了一圈，脸上浮现出得意洋洋的神态，仿佛已然变成了典雅雍容的贵妇人。

"特拉伊先生，让你久等啦！"

莎拉进门的时候，特拉伊正倚靠在窗台上，背对着她，他把他那条醒目的银发辫塞进宽大的斗篷里，全身被黑影笼罩着。

听见声音，特拉伊回头。

兴许是灯光和阳光有差异的关系，莎拉发现他的脸色苍白得可怕，白天那种慵懒安逸的神情仿佛随着时间流逝，从他脸上完全消失。

他凝视莎拉，声音疲倦。

"请叫我特拉伊吧，也请你允许我直接喊你莎拉。"

"好……如果你愿意的话。"

特拉伊只看了她一眼便移开目光，拉了张椅子坐在桌子边。

莎拉突然感觉自己这样刻意打扮的举动实在太愚蠢了，趁他不注意，她偷偷扯下小黄花，使劲捏成一团，黄色的汁液渗进她的指甲，她也视而不见。

见她迟迟不挪动身子，只是呆愣在门口，特拉伊站起来替她拉开坐椅说：

"来，坐下吧。"

莎拉生硬地回答："我有问题要问你。"

"我也这么想，问题应该还不少。"

特拉伊仍然指着椅子，示意莎拉坐下，"别担心，你有足够的时间可以向我提问，而我也会尽力回答。我们甚至可以把谈话持续到明天清晨，这样我们还有机会共进早餐，当然，前提是不会使你太困扰。"

"我想不会。"

莎拉拉起裙摆，在快要坐下的一瞬间，趁特拉伊不注意，快速掀开里层衬裙，让屁股直接贴在光滑的椅子上。

她想，如果让这种密不透风的布料贴着她的屁股一整夜，她一定会疯掉的。然后她放下裙子，坐得端端正正，自作聪明地以为刚才的小动

莎　拉（第三十二世巫女。她纯真、善良、勇敢）

　　"嘻嘻。"

　　一簇火红的头发从树洞里冒出来。

　　莎拉一双水晶般的大眼睛调皮地眨了眨，小嘴咧开，露出一排整齐的牙齿，笑吟吟望着气结的老院长。"哎呀，真糟糕，又被发现了！"

作神不知鬼不觉。

特拉伊耸耸肩，装作没有看到，为自己倒了一杯西岛特产糖酒。他抿了一口后，放下酒杯，两肘支在桌上，说道。

"请问吧，我听着呢。"

"唔……"

莎拉看着他似笑非笑的表情，不确定该从哪里问起，拖长了音调，思考良久后才说：

"那就从我的属性说起吧，我记得你对我说，那是紫色的。"

"没错，是紫色的。"

"可是据我所知，属性一共只有六种，其中并没有紫色。"

"你只说对了一半。"

特拉伊说，"普通属性的确只有六种，但事物总有特例，就好像嘟嘟马并不总是雪白的，喷火龙也不都长着两支角一样，紫色就是一种特殊的先天属性。"

"你的意思是，我的先天属性有悖常理，但是，这样的事的确存在，并且还不少？"

"不，这个是有一点特别的，世上只有一个人拥有紫色的属性，而这个人通常被人们尊称为'巫女'。"

第二章 吸血公主

莎拉指着自己的鼻尖，惊讶地叫："难道就是我？"

"是的，你是独一无二的。"

特拉伊注视着她，一面微笑，一面夸赞她与众不同。

这让莎拉喜不自胜，飘飘然如坐云端。她摸着光滑柔顺的头发，开始为揉碎那两朵小花而后悔，如果它们还在的话，她的头上就不只一种色彩，整张脸也会耐看许多。

"除了紫色，还有其他特殊属性吗？"莎拉随口问道。

特拉伊的眼中却似乎有种慌乱的神色一闪而过，他低下头，一绺发丝垂下耳际。

"银色。"他有些困难地吐出这两个字。

"若我没猜错的话，银色和紫色相对相克，是吗？"这样就不难解释莎拉对银色莫名的厌恶了。

"嗯，莎拉你很聪明。"

特拉伊察觉莎拉异样的眼神，解释道："别担心，我的属性是黄色，你看，我是一名重战士。"

他说完，身后出现一柄巨大的剑，剑柄缠绕着金色的火舌，迸射出力量的光芒，剑身和他一般高大，通体暗红诡异，看上去分量十足。

莎拉吞了吞口水，难掩满眼的妒意。她想，拿着那样一柄魔剑，是多么潇洒威风啊！

特拉伊突然问："我这么说可能过于失礼……不过，你不懂魔法是吗？"

莎拉憋红了脸，一声不吭。

"我并不想使你难堪，是真的。"特拉伊声音轻柔，拉过莎拉柔软的小手，"但这事对你我都很重要，莎拉，你必须诚实地回答我，你会施魔法吗？"

莎拉摇头，眼泪在眼眶里打转。

"这一定很可笑是吗？如果你想嘲笑我的话，就尽情笑吧，我无法阻止你，但是……这会令我很难过。"

"这不是你的错。"

特拉伊的回答使莎拉诧异。他眼中的忧郁浓得化不开，嘴角也突然向下垂，他轻轻地把莎拉搂在怀里，叹息道：

"因为在十六年前，你被人杀害了。那时候，你的名字叫做爱兰格斯……"

大雨滂沱的夜晚，北岛玄诺尔的森林里漆黑一片，高阜低洼的地表、错综盘绕的树根、随处

可见倒挂在树枝上的长舌树精，再加上肆虐的暴雨，使得深夜赶路的两个年轻人更加疲惫不堪。

"啊——"

冷不防地，身后传来凄厉的惨叫声，其中一个年轻人吓得抱住同伴。"见鬼！这可怕的声音是从哪里来的？"

"别紧张，我的朋友。"同伴镇静地回答："这是公主殿下在呻吟。"

"胡说八道！"年轻人奋力挥砍树精的长舌头，以掩饰他的恐惧，"如果这些声嘶力竭的吼叫真像你所说，来自一位公主，我就把这条恶心的舌头一口吞下去！"

"那么恭喜你，你将成为生吞树精舌头的第一人。"

同伴把剑尖上的舌头递到年轻人眼皮底下，"据我所知，这位艾娜公主就是国王的独生女，在我们北岛，她还有一个可怕的名字——吸血鬼公主。"

"我要喝她的血……噢！不！这些都不是我要的。"

床上的美人睁着充满血丝的大眼睛，娇弱的身子痛苦地抽搐着，向空中挥舞的胳膊打中了女仆手中的水壶，水壶跌落在地毯上，淌出鲜红黏稠的液体。

不仅仅是地毯，事实上，整个房间到处都沾满了这种触目惊心的液体，无论是精致的白木地板、手工编织的金丝躺椅，还是刻有国王肖像的锡镴盘子、印花丝棉雪白床单，甚至女仆的胸口、公主的嘴角……都无一幸免地染上这种诡异的色彩。惟一的区别是，有的地方这种液体已干涸成暗紫色，默默悼念被夺去生命的悲哀；而有的地方刺眼的鲜红正流淌着，大声控诉摧残生命的罪恶。

"我要她的血啊！我好痛苦……爱兰格斯，她在哪里？她究竟在哪里啊？"

"亲爱的艾娜，我可怜的孩子！"一个魁梧黝黑的身影出现在床边，枯瘦嶙峋的手掌贴着公主苍白憔悴的脸庞。"我疼爱的人啊，如果可能，我真希望能替你承受痛苦。"

"噢！父亲……"公主晶莹的泪珠滑下脸颊，和嘴角的艳丽混合成同一种颜色，"我的喉咙因嘶叫而沙哑，我的心因仇恨而疼痛，我好恨啊，我真的好恨！"

"再忍耐一会儿吧，孩子。"国王轻抚公主的双眼，悄悄施放催眠魔法，"好好睡一觉，再

次醒来时，你就会得到她的血了，我发誓。"

公主渐渐变得安详，美丽得像池中的睡莲。

国王轻轻擦去她嘴角的血迹，低声呼唤一个名字：

"贝塔……你都听见了？"

"是的，我的陛下。"

黑暗中，狼一般的眼睛射出精光，呼吸急促而粗重，"天哪！公主的呻吟时刻折磨着我的意志，几乎把我的心也撕碎了。我一天比一天愤怒，一天比一天痛苦，我锋利的爪子告诉我，它们一分钟也不能忍耐！"

"还不是时候，贝塔，你知道目前应该做什么，对吗？去吧！"

野兽悲吼一声，恋恋不舍地离去。

离开孤儿院，不知不觉已经十天了。弗洛尔和老院长哭得红肿的眼睛恍若还在眼前，莎拉却已经告别西岛赤路姬，踏上了南岛雪布兰的土地。

特拉伊是个身强体壮的年轻人，腕力和魔力都十分惊人，但是行动力却超乎想象的低下。

那一天，临出发前，莎拉兴致勃勃地想要见识传说中的神兽。

依她想，特拉伊出手如此阔绰，他的坐骑若不是威武气派的高等狮鹫龙，至少也是光彩夺目的吼吼鸟，再不然，双头嘟嘟马也不差，但马头必须是不同颜色的，毛皮光滑细致，身上还得生着两对雪白的小翅膀。

不过她的幻想很快就破灭，特拉伊两手空空，孤零零一人站在她眼前，除却换了身黑色的衣衫，并把耀眼的头发藏在斗篷里之外，他和来时并没什么两样。莎拉简直怀疑给孤儿院捐了大笔银子的不是特拉伊，而是另有其人。

她带着抱怨的口吻道："特拉伊，我希望我们不至于把鞋底走破。"

"当然不会！"

特拉伊淡淡地回答。他伸手揽住莎拉的腰，两人一瞬间消失在众人眼前。

后来，莎拉才明白，原来还有一种魔法叫做空间移动，只是空间移动消耗的并不是魔力，而是行动力。特拉伊显然高估了自己的这项能力。

"哎呀！我说，你究竟行不行啊？"当他们第四次被迫降落在树枝上的鸟窝里时，莎拉终于忍不住嘟起小嘴，埋怨地叫嚷。

"那是因为你太重了！"特拉伊气喘吁吁地回答。

但是这个借口骗不倒莎拉，因为她发现他的脖子通红，眼睛不敢与她对视。

他们便这样白天赶路，夜晚露宿在林子里，走走停停，花了十天的时间才到达雪布兰，足足比预期晚了八天。特拉伊体力不支地趴在小溪边，说道："莎拉，你重得像头大野牛。"然后迫不及待地把头埋进凉爽清澈的溪流中，咕噜咕噜大口灌水。

若不是忌惮他那柄重剑，莎拉或许会直接把他踢进水里。但看在他那么辛苦的份上，善良的莎拉决定小小惩罚一下就好，她脱去被地面烤热的鞋子，把散发汗臭的脚丫悄悄伸进溪水里，然后若无其事地吹着口哨。

"这水的味道有点古怪。"特拉伊抬起头。

趁他闭着眼睛抹干脸的时候，莎拉迅速穿好鞋子，乖巧地坐在大石块上，点头附和："有的时候，你知道，事物不能只看表面，就好像你看似十分厉害，其实并非如此一样。"

"唔……谢谢你的讽刺。"特拉伊瞪着她，冷冷回答。

夜晚的时候，特拉伊为两人准备了丰盛的晚餐，除了随身携带的干粮外，他还烤了两只草兔，五、六只野雉，一些美味的种子，以及一枚硕大的香菇。

在这样的荒郊野外，他居然能找到如此多的野味，让莎拉吃惊不已。她裹着特拉伊的披风，紧挨着他坐在火堆边，脸上笑眯眯的。烤鸡还没熟透，她便迫不及待地伸出手，差点连口水也淌下来。

特拉伊拍开她闲不住的手，把香味扑鼻的烤香菇递给她。

莎拉感激地接过，狠狠咬了一口，满嘴留香。她含含糊糊地嘟哝。

"噢！特拉伊，我错怪你了，你比我想象中要好得太多！"

"能得到你如此高的评价，是我的荣幸。"特拉伊谦逊地颔首，扯下一只鸡翅。

说话间，莎拉突然手脚酥麻地倒在地上，缺了一角的香菇落在她脖子间，烫得她哇哇直叫，无奈却丝毫动弹不得，只得哀求道：

"特拉伊，救救我！这香菇一定有问题，你看，我全身麻痹了！"

"嗯，你说得对极了，亲爱的莎拉。"他拾起香菇，若无其事地放进嘴里，看也不看她，径自说道。

"事实上，这份晚餐是为我一个人准备的，

无论如何，我也得对得起我那倒霉的、喝了洗脚水的胃，你说是不是？"

结果，当天的晚餐，莎拉只分到了一小块干饼和两粒种子，那还是由"好心"的特拉伊亲手喂她吃下的。

莎拉明白了一件事：不懂魔法的人，永远也别想捉弄一个虽然行动力不怎么样，但魔力充沛的人。

第**3**章

守护之族

　　席恩来自古老的嘎帝安家族，他解释，嘎帝安在古语中是
"守卫者"的意思，即是说，这是一个世代为守护巫女而存在的
家族。嘎帝安的势力并不庞大，人口也随着时代更替日渐稀少，
尤其是十六年前那次惨绝人寰的毁灭性战役之后，嘎帝安元气大
伤，至今还未恢复战前总人口的一半。

第三章　守护之族

　　"你仍然不愿意告诉我，十六年前发生了什么事吗？"

　　莎拉对着溪水打理头发，漫不经心地问道。自从那一晚特拉伊对她提起过上一任巫女爱兰格斯后，他便不再说有关这方面的事，至今守口如瓶。

　　"很抱歉，我不太清楚。"对于莎拉每一次的提问，他总是以这句话敷衍过去，并很快转移话题。"与其在过去的问题上纠缠，不如为将来打算。"

　　既然他刻意回避，莎拉也就不再坚持。她想，爱兰格斯巫女是怎么死的、被谁杀死，以及她所有的恩怨情仇，都是上一辈子的事了，和她莎拉一点关系也没有，正像特拉伊说的，在过去的问题上纠缠毫无意义。

　　"有件事我必须提醒你，莎拉，无论如何你得设法保护自己。"

说这话的时候，特拉伊丢给莎拉一把匕首。这是一把古老的祭祀用匕首，刀柄粗短，缠绕着黑黄色的破布，刀刃已经缺了口，却仍然青光森然。许多年前的某个祭坛上，它一定曾用锋利的刀口割开过无数只牛羊的肚皮，贪婪地茹毛饮血，如今虽然风光不再，它依旧是把好使的魔法武器。

莎拉举起匕首对着阳光细看。

趁她发呆的空档，特拉伊逮了两只刚出生的花露精，牢牢绑在树上，对着莎拉招手，"过来试试你的新武器，先从简单的练起。"

莎拉看着花露精——那两只小东西挺着圆滚滚的肚子，正龇牙咧嘴地向她挥舞着威胁的拳头，莎拉连忙摇头拒绝。

"不，我从不伤害动物，即使它们并不太可爱，眼神也很不友好。"

"动物？你难道连动物和妖精都分不清吗？好了，别啰唆了，试着使用你的匕首吧，等它们再长大些，就学会隐身消失了，别给它们逃脱的机会。"

"是这样吗？"

莎拉犹豫了一会儿，试探性地用刀尖轻戳它们的小肚子，花露精立刻发出刺耳的尖叫，并愤

怒地扭动身体。

"噢！不行！我弄疼它们了。"

莎拉惊惶地丢下匕首，双手抱着脑袋，"特拉伊，我做不到！虽然……虽然我曾经很爱恶作剧，总给孤儿院惹麻烦，可是天地良心，我真的从来没伤害过任何东西，无论是动物、妖魔还是人。"

"该死！你怎么会说出这种荒唐话来？"

特拉伊不敢置信地盯视着莎拉的脸，缓缓从身后抽出散发着狰狞火焰的大剑，仅一刹那，其中一只花露精便化成了一滴晨露，悄无声息地没入泥土里，甚至没有来得及发出它临死前绝望的惨叫。

"看见了吗？"

特拉伊向着面无人色的莎拉说道："我只是教你使用魔法，就这么简单。拾起你的匕首，来，把另一只花露精解决掉。"

"不！这太残忍了，如果学习魔法是为了伤害弱小，我宁可不会魔法！"

"我再说一次，拾起你的匕首，莎拉！"特拉伊提高音量，不耐烦地大喊。

"去你的匕首！去你的魔法！"

莎拉被逼急了，一脚把匕首踢飞出去，在

看到特拉伊愤怒的表情后，出于本能，她扭头便逃。

她的心脏狂乱跳动，她的脑袋嗡嗡作响，耳边呼呼吹过的风声令她提心吊胆，树枝抽打她脸颊的劈啪声令她心惊胆战，她警惕地聆听身后的一切声响，把任何风吹草动都当作特拉伊。

她想，他真的发火了，他就要追上来了，天啊，这滋味真不好受……她突然想起她曾经也像这样狼狈地逃窜，同样的恐惧、同样的慌乱，只不过那一次追逐她的是一头巨龙，而这一次是……

"哎哟！"

猛然间，莎拉撞上一堵肉墙，她大叫一声，捂着脸蹲在地上。等她明白过来，她立刻低呼："噢！我恨该死的空间移动！"

长长的叹息后，特拉伊搂住莎拉颤抖的双肩，安抚地摩挲她瘦弱的胳膊，他漆黑如夜空的眼眸里隐藏着压抑的苦楚和无奈，他用嘴唇轻轻碰触她的鬓角，用格外温柔的语调耳语："抱歉……是我太性急了，莎拉，对不起，我不该逼迫你。"

酝酿已久的眼泪不争气地滚落下来，这真是丢脸！莎拉呜咽地缩在他的怀里，心想，连续两

次在人前落泪，实在不像她莎拉的作风，若是孤儿院的孩子们看到那个胆大妄为的捣蛋鬼莎拉居然也如此哭泣，恐怕会从梦里笑醒……

更糟糕的是，她居然认为在特拉伊面前失态，并没有想象中那么难堪，甚至，是理所当然的事情，这种前所未有的想法使莎拉开始怀疑自己的原则。

特拉伊没有注意到她表情的变换，待她完全冷静下来后，他开口指责她的天真。

虽然他之前的道歉十分诚恳，但并不代表他放弃观点，他认为有些话即使不中听，也必须说清楚：

"这个世界，没有你想象中那么单纯。你只看得到初生妖精的弱小，却不了解它们危害人类时的强大，你因一时的怜悯放过它们，便有可能酿成无可挽回的错误。比方说刚才的花露精，在他们刚出生时，要消灭它们易如反掌，然而一旦它们成熟了，便会无限制吸取过路人的魔力，进化为水魔，到那个时候，就只有专业的魔导士才能对付了。"

特拉伊接着道："虽然我不奢望三言两语能使你彻底领悟，但至少希望你能明白作为巫女应尽的责任。"

他的眼睛里闪烁着一种难以理解的东西，"成熟点吧！莎拉，你的平静生活已经不复存在了。好好正视你的前方，等待你的不是美梦，不是游戏，而是一场战争。"

战争！

两个字像尖锐的钉子打进莎拉的心口。

她情不自禁地打了个哆嗦，刚才还燥热的身体倏然冷却。

特拉伊的一席话，彻底颠覆了她心中美好的理念，她张大嘴巴，仿佛突然间被人抽出灵魂，又塞了另一个陌生的灵魂进去，不知道什么是对的、什么是错的，失去了信仰，迷失了方向，除了迷惘和怀疑，她什么都感觉不到。

"拿去。"

沉默过后，他递给她匕首。

莎拉动了动嘴唇，犹豫不决地接过来。匕首沉重而冰凉，一如她心上那块压得她喘不过气的大石。

特拉伊似乎并不急于前往巫女神殿，他对莎拉的解释是：他必须在此处等待一位即将和他们会合的朋友。但究竟是怎样的朋友，他却只字未提。

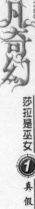
接下来的时间，几乎全部用在练习魔法上，尽管莎拉不乐意，她还是按照特拉伊的指示，对着捕捉来的妖精，有一下没一下地挥舞古老匕首。

特拉伊声称她之所以不会魔法，是因为施放方法不对，然而几天下来，经过特拉伊"精心"指导后的莎拉，仍然是个彻头彻尾的魔法绝缘体，特拉伊简直要绝望了。

第四天，他终于忍无可忍了，气急败坏地对莎拉大吼：

"见鬼！你的身体究竟是什么做的？为什么连个小小的光球都施放不出来？"

"你说过，这不是我的错。"

莎拉眨着无辜的大眼睛，心里实在有些不明白，她自己都不着急，为什么特拉伊越来越烦躁不安呢？

"可我不能再等了！我……"

特拉伊突然狂暴地喊着，狠狠地把剑插入地底。

待他发现莎拉惊恐的表情时，才察觉到自己的狂乱暴躁，急忙克制满肚子怒火，将到嘴边的话又硬生生吞了回去。

"什……什么？"

"没什么。抱歉，我有些失控了。"他在一瞬间恢复冷静，低着头向莎拉表示歉意。

莎拉看得出来，事实上，他只是勉强维持谦和沉稳的风度。她眯起眼睛，感到迷惑，究竟哪个才是真实的特拉伊——

是温柔地搂着她、安慰她的那一个？是一本正经用香菇报复她的那一个？还是暴跳如雷对她发泄的那一个？

或许……都不是。

这个谜样的男人，并没有那么简单。

莎拉心想，一直以来，她相信他、跟随他，从孤儿院来到陌生的雪布兰。她一方面为自己的独一无二沾沾自喜，另一方面对预见不到的未来忧心忡忡，她一厢情愿地被他的温柔所吸引，也单纯地听从他的安排，甚至都没有提过任何反对的意见。

然而，除了长者骑士的学生这个身份外，她对他一无所知。

八月的暖风吹在身上，莎拉却突然感觉很冷，一种令人窒息的阴冷。

特拉伊的魔法指导，从每日六次减少到两次。有时候，他只是坐在石头上，抬头望着天空，或者看着莎拉笨拙的模样发呆，虽然他偶尔

也会随口聊两句，说些让她放松的话，可是傻子都看得出，他心不在焉。

他眼中的哀伤与日俱增，满得快要溢出来，照莎拉的想法，他不是在过日子，而是在煎熬。

莎拉再也没有向他提过任何问题，在摸透他这个人之前，她相信保持距离是最好的方法——虽然，他的忧郁让她心疼；虽然，她总是克制不住地想碰触他、拥抱他、安慰他。

这样尴尬的日子，一直持续到席恩的出现。

特拉伊口中的朋友居然是个还不满十二岁的孩子，他有着漂亮饱满的额头，碧绿晶亮的眼眸，小巧的鼻梁，以及一张紧抿的小嘴。

面对莎拉，他拘谨而恭敬地低下头，流露出与年龄不符的老成。

"殿下，请恕我来迟了。"

"天！多漂亮的孩子！"

或许是终于可从沉闷的气氛中解放出来的缘故，莎拉的表现异常热络，她忍不住伸出手，对席恩东捏一把、西摸一下，末了还给他一个最深情的拥抱。

可怜的席恩涨红了脸颊，惶恐地小声嘟哝，却没有勇气挣脱。

"叫我莎拉吧，你的名字？"

"席恩·嘎帝安。"

小孩子的回答十分腼腆。

席恩来自古老的嘎帝安家族，他解释，嘎帝安在古语中是"守卫者"的意思，即是说，这是一个世代为守护巫女而存在的家族。

嘎帝安的势力并不庞大，人口也随着时代更替日渐稀少，尤其是十六年前那次惨绝人寰的毁灭性战役之后，嘎帝安元气大伤，至今还未恢复战前总人口的一半。

"但是……"席恩说，稚嫩的脸上有着毅然的决绝。

"如果有需要的话，只要莎拉一声令下，所有族人将无条件服从指挥，至死不渝。"

"噢！你真是教我受宠若惊！"

莎拉抱紧他，欣喜地在他额头上疯狂亲吻。特拉伊始终无法给她的东西，她却轻易地从这位名叫席恩的少年身上获得了，她很明白，这种东西叫做安全感。

"可是你太瘦弱了。"

莎拉望着他漂亮的绿眸，怜惜地说："战斗的事交给大人吧……你知道，呃……我是个不会魔法的巫女，连自己都保护不了，更别提照顾你了。唉，这真教我惭愧！"

特拉伊这时走了过来，露出淡淡的微笑，轻拍席恩的肩膀，对莎拉说："你错了，别用年龄或者外表来判断一个人的能力。他是嘎帝安第三十三任少主，不瞒你说，他的能力在我之上。"

莎拉大为震惊，瞠目结舌，怀疑地看看特拉伊，又好奇地转向席恩。对方腼腆地笑着，在她的注视下，不好意思地戴上小圆帽，以遮住他因羞赧而泛红的脸蛋。莎拉心想，这真是一位可爱又可靠的勇士。

南岛雪布兰的气候相对于西岛赤路姬要凉爽湿润许多，这使得旅途更轻松顺利一些，赶路的人既不会因热晕头而产生奇异的幻觉，也不至于因为缺水而耽误行程。而对于一个刚成年的妙龄少女来说，这点尤为重要，因为她不必担心因脱得太多而露出洁白的肌肤。

沿路一排粗壮的树木伸开赤裸的绿色肢体，互相紧紧依偎，枝条交叉错杂，形成奇特的姿势。还有些树枝倒垂下来，露出黑色的节瘤，活像骷髅的魔爪，阻挡三人的去路。

特拉伊挥舞着巨剑斩断枝条，顺带将无数栖息在节瘤里的灰虫精一并斩尽。潮湿松软的泥土上布满稀疏的杂草和青苔，每踏一步都会惊动地底下的各种妖精，那些终日不见阳光的小东西总是窥伺着路过的行人，无时无刻不想着吞噬他人的魔力。杂草间也有花，只是又黑又丑，远看像是某种动物的粪便，并且散发着熏天恶臭。

"啊，这些讨人厌的东西在拽我的腿呢！"莎拉叫嚷，使劲从泥浆里拔起脚，一步一停顿，费力地迈步。

"原谅我，莎拉。"

席恩相当沮丧，小心地扶着她走在泥泞的道路上。"我并不知道我的到来会给你增添麻烦，我得说，真的很抱歉。"这个腼腆的少年总是那么出人意料，莎拉刚在心底赞叹他的可靠时，却得知他的行动力几乎等同于零……不，或者该说是完全没有行动力。而原本就不擅长远距离移动的特拉伊，带着莎拉就已够勉强了，更别提再带上个孩子。

于是，他们三个人只能采用最原始的赶路方法——步行。

"这没什么，步行总比落在鸟窝里要好得多。席恩，若我没记错的话，这已经是你第十一次向我道歉了。"

莎拉耸耸肩，把注意力集中在脚上。为了转移席恩的愧疚感，莎拉有心扯开话题："若是不介意的话，谈谈你自己吧，比如说，你的先天属

45

性是什么？"

"我吗？和特拉伊一样，是黄色的。"

"那样的话，你也会从身后某个地方抽出一把剑来吧？"莎拉想象着席恩瘦弱的身体挥舞巨剑的模样。

席恩却回答："不，我不用武器，我使用掌魔法。"他看了眼走在队伍前方的特拉伊，愁眉苦脸地说："我的力气太小，任何武器对我来说都是负担。"

"原来是这样……噢！见鬼！"莎拉又一次被地精缠住了双脚，她忍不住发起牢骚："我们非得走这条路吗？啊……席恩，我没有责怪你的意思，我只是说，我们或许可以换一条结实点的路。你看，脏臭我都能忍受，只是妖精越来越多，这点真让我受不了！"

这时特拉伊回头，面无表情地简短说道："别抱怨，快到了。"

他的眼神像是在指责莎拉聒噪的抱怨，这让莎拉很火大，她赌气地决定闭上嘴巴，即使他一会儿求她开口，她也不会搭理他。

"大家，小心！"

突然间，席恩用稚气的声音惊喝一声，倏地挡在莎拉面前，双手飞速地在空中拍了七八掌，手到之处均落下星星点点的墨绿色粉末来。"是妖蝶！"

他摊开手，掌心里赫然躺着一堆晕厥过去的蝴蝶，墨绿的翅膀上有大片触目惊心的黑斑。

席恩立刻发现不对劲，对着前方不远处的特拉伊大喊。

"等等！特拉伊，快回来！这不是我们该来的地方。"

特拉伊背对着两人，莎拉看不见他的表情，但见他直直站立在一个漆黑的洞口，整个身子被妖蝶包围住，透出异常诡异的绿光。

相对于席恩的慌张，他显得格外冷静，既没有叫喊，也不曾拔剑，甚至连脚都没有挪动半步。良久，他才回答。

"我来开路，你带着莎拉跟上来，无论如何我们得冲进去。"

"你疯啦？走吧，别和妖蝶纠缠，只要不侵犯妖蝶村，它们是不会随意地伤人的……特拉伊！你究竟知不知道你在干什么？"

特拉伊似乎什么也没听到，不，也许他听到了，却仍坚持自己的做法。

席恩焦急地看着他执意往里冲，只见他的银色发辫一闪即逝，整个身子便没入无尽的黑暗

里，和妖蝶村入口的墨绿色浓雾融合在一起。

　　连呼了特拉伊三次名字，都不见任何回应，席恩摇摇头，口中咕哝："莎拉，我想特拉伊有麻烦了，你能在这儿稍等一会儿吗？我很快就回来……莎拉？"

　　令席恩疑惑的是，莎拉没有给他任何回应，他停下脚步奇怪地回头，不看倒好，这一看吓得他三魂七魄全都飞了……

第4章

年轻骑士

　　这名年轻的骑士只比特拉伊大五岁，举手投足却散发出截然不同的优雅气质和成熟魅力。莎拉回头的时候，鼻尖不小心擦到他的脸颊，她顿时面红耳赤起来。多俊俏的人！他的五官深刻、完美，简直像是精雕细琢的雕像……只瞥了一眼，莎拉便心跳紊乱，呼吸也变得不顺畅。最令她在意的是，此刻他的手正搭在她的腰肢上。

第四章　年轻骑士

如果有人问莎拉她最讨厌的是什么，换作以前，她一定会列出一长串名单来，其中有趾高气扬的霍奇老爷、看似纯洁实则邪恶无比的美人鱼、叽里呱啦吵个没完的吼吼鸟、怎么煮也煮不烂的营养豆……或许还有唠叨的老院长也说不定。但是此刻，她惟一能想到的回答就是：该死的蝴蝶！

这些诡异的妖蝶成群结队悄悄接近莎拉的身体，趁她不注意，猛地把她抬到空中，在她来不及呼救之前，争先恐后地钻进她嘴里，腥臭苦涩的味道一度呛得她喘不过气来，她闭起眼睛拼命地挣扎，艰难地想喊救命，然而她能发出的只有沉闷的呜呜声，声音那么微弱，风一吹就遮盖过去了。

席恩回头的时候，可怜的莎拉已遥遥离地，他空有不凡的魔力，却也只能眼睁睁看着她越飞越远，谁让他是不会飞行又没有武器的徒手士呢？这节骨眼连根能丢出去的棍子也没有，席恩急得原地转圈，两只小手不停地敲打脑袋。

莎拉的情况真的糟透了，妖蝶的数目越来越多，那些原本托着她身子的轻盈鳞翅，此刻变得像刀尖一般坚硬锋利，扎在皮肤上，疼得她流出眼泪，她感觉背后已经被划开无数道伤口，滚热的鲜血流淌出来，瞬间在风中冷却，带走她身体的温度。

真是可恶极了！莎拉愤怒地想：难道今日我就要在这群蝴蝶手里完蛋了吗？那可不行！我可是莎拉呀，有没有搞错？至少要让你们尝点苦头，知道我莎拉不是好欺负的！既然是你们自动送进嘴里的，那就怪不得别人，看我怎么把你们嚼成烂泥！

一不做二不休，自认为勇敢的莎拉做好准备，正打算享受一顿难得的"美食"时，身下忽然一空，妖蝶不知被什么东西击中，像涟漪一般散开来，她的身体随之坠落，被一双有力的手稳稳当当地接住。

"啊！好疼啊！"

吐掉口中一团恶心的妖蝶后，莎拉抚着肩头大叫，身体在那人怀里左右扭动，"放我下去，放我下去！"

"巫女殿下，你已经安全着地了。"陌生人说道。

这个声音既不似特拉伊那般响亮浑厚，也不如席恩那么清脆稚嫩，它是温润轻柔的，像潺潺流动的泉水，十分悦耳。

莎拉睁开眼，想寻找声音的主人，却看到席恩饱含泪水的碧绿大眼睛。

席恩毕竟是孩子，可怜的他从刚才就一直担惊受怕，见到平安回来的莎拉，忍不住一头扑进她怀里，哽咽地叫嚷。

"莎拉，是我不对，我是多么愚蠢啊！今后席恩再也不离开你半步了。"

"别……"

莎拉皱起眉，被他这么抱紧，背后传来火辣辣的疼痛感。她用安慰的口吻说道："好啦，我已经不要紧了，只要你别按住伤口就行。"

席恩立即放手，抹去眼泪，转而对陌生人说："萨克里菲斯先生，谢谢你。但是特拉伊进了妖蝶村，我怎么劝他都不听，我担心……"

"我知道了，你们在这里等我。"萨克里菲斯的身影消失在妖蝶洞口。

莎拉扶着树根坐下来，好奇地问道："萨克里菲斯？他是谁啊？为什么特拉伊进去时你百般阻止，而换作是他，你就不在乎了？"

　　"他也是长者骑士的学生，是特拉伊的师兄。至于我为什么不担心，你很快就会明白的。"席恩小心地在莎拉旁边坐下，握着她的手"呼呼"吹着，"还疼吗？再忍耐一会儿，等他回来了就给你治疗。"

　　"别吹了，疼的不是手。"

　　莎拉好笑地抚摸着席恩的头发问道："照你的意思，他是个很厉害的家伙吗？那倒是很不错，但愿他的行动力够带我们飞到巫女神殿。啊，我想这是不可能的，因为特拉伊和你都做不到，不是吗？席恩，你为什么这样看着我？难道我的脸上还沾着那令人起鸡皮疙瘩的绿色粉末？"

　　"不不，你的脸上很干净，和往常一样漂亮。我只是对你用'家伙'来称呼他感到吃惊，你知道的，人们通常不会把这样的词用在值得被尊敬的人身上，而萨克里菲斯先生正好就是这么一个人。"

　　"值得尊敬的人？为什么？"

　　"因为他是一名骑士，圣疗骑士。"

　　"骑士就值得尊敬吗？"

　　"啊，莎拉，你真的什么都不知道吗？"席

恩不敢置信地看着她，发现她一点也不像开玩笑的样子，于是他回答："是的，他是一个值得尊敬的人，不仅仅因为他是世界三大骑士之一，还因为他是有史以来最年轻的骑士，最难能可贵的是，他并不以此作为骄傲的资本——尽管他的确有这个资本。他总是以普通白魔导士的身份四处除魔，救治伤患，因此他所获得的荣誉和威望甚至超过了一个国家的国王……"席恩短暂地停顿，他突然发现在莎拉面前这么说十分失礼，于是他又红着脸补上一句："当然，他的威望还远远及不上巫女殿下。"

莎拉耸耸肩，"那也只是爱兰格斯巫女的威望，和我无关。"

说这话的时候，她突然有种莫名的沮丧，上任巫女如此深得人心，相比之下，她只是个无忧无虑的在孤儿院长大的捣蛋鬼，既无知又无能，根本是个十足的傻瓜。这个念头停留在她的脑海里，挥之不去，她无力地把头埋在胳膊间，深陷在假想的自卑感里。

萨克里菲斯很快就带回特拉伊。

特拉伊看上去倒没受多大的伤，只是神色古怪。他走近莎拉嗫嚅地说了两声对不起，便立刻转向那位温文有礼的骑士。

席恩·嘎帝安（嘎帝安家族的少主，是巫女殿下最忠实的守护者）

　　席恩毕竟是孩子，可怜的他从刚才就一直担惊受怕，见到平安回来的莎拉，忍不住一头扑进她怀里，哽咽地叫嚷。

　　"莎拉，是我不对，我是多么愚蠢啊！今后席恩再也不离开你半步了。"

"萨克，你这算什么，难道老师对我不信任吗？为什么把任务交给我之后，还指派你来帮助我？"

萨克却没有搭理，他注意到缩成一团的莎拉，脸上露出担忧的神情，做了个手势后说道："别在这里耽搁了，先回山吹树都。"话音刚落，他施放魔法，一眨眼的工夫，莎拉原本质疑的空间移动术已经毫不费力地完成。

萨克带着三人降落在树都之前。

感觉到背后温暖的气息，莎拉睁开眼睛，却看见特拉伊站在面前，正皱着眉头低声争辩，语气缓慢而克制，仿佛费了很大的劲才压抑住体内的激动。

他说："我没有故意找借口，也不是推卸责任，我承认我犯了错误，闯进禁忌的领域，但我是无心的，我也相信我可以应付，然而，你的插手让我觉得很困扰，萨克，我不以为自己差劲到需要你亲自出马来解救……"

刚开始莎拉以为特拉伊在向她抱怨，这使她感到手足无措，但她很快就发现特拉伊说话的对象是她身后的萨克里菲斯先生。

这名年轻的骑士只比特拉伊大五岁，举手投

足却散发出截然不同的优雅气质和成熟魅力。莎拉回头的时候，鼻尖不小心擦到他的脸颊，她顿时面红耳赤起来。多俊俏的人！他的五官深刻、完美，简直像是精雕细琢的雕像……只瞥了一眼，莎拉便心跳紊乱，呼吸也变得不顺畅。最令她在意的是，此刻他的手正搭在她的腰肢上。

"特拉伊，冷静一点。"萨克不疾不徐地回答，两手缓缓施放治疗魔法，温热且持续的魔力隔着衣服送入莎拉体内，逐渐抚平她背后的伤口。"我并没有指责你什么，不是吗？老师也没有对我做出任何帮助你的指示，我只是正好路过而已，你多心了。"

萨克站起来，身形比特拉伊高出约莫半个头，他认真地接着说：

"但是有一点我不得不提醒你，这次是由于你的疏忽而使得巫女殿下受伤，记住，我不希望有下一次。"

在特拉伊的印象中，萨克很少用这样严厉的口吻对他说话，在任何场合中，他总是谦逊温柔的，哪怕有人指着他的鼻子大声咒骂，他也会微笑着化解对方的怒气，当然这种情况从来没发生过，因为萨克是个不会结怨的人，他赢得的从来只有尊敬和爱慕。因此，听到他的话，特拉伊不由得愣住了。

"我想你一定是累了。"萨克里菲斯淡淡地微笑。

"去老师房间吧，他在等你。"

他又转向席恩，"你也是，席恩，知道去老师的房间怎么走吗？"

"我知道，半年前我刚来过。"席恩抓着莎拉的手道别，发誓他马上回来，然后一蹦一跳地跟着特拉伊走了。

只剩下莎拉和他两个人的时候，莎拉脸上的红潮还未退尽，她不自在地低下头，试图掩饰自己的局促。这不能怪她，莎拉心想，谁教他长着一张令少女怦然心动的脸，这全是他的错。

"殿下，我的存在让你感到紧张吗？"萨克单腿下跪，轻轻拉过莎拉的手，郑重其事地印下代表效忠的吻。

嘴唇的灼热以及他的发丝轻触吓得莎拉急忙把手抽回来，结结巴巴地说："别亲，很抱歉，我的手刚摸过妖蝶，我想……呃，不太干净。"

骑士笑了，笑的时候眼睛形成奇特的弧度，又一次让莎拉羞红了脸。

他淡淡地说："这没什么，重要的是，伤口还使你疼痛吗？"

第四章 年轻骑士

"不，伤口完全不疼了，真是多谢你了，骑士先生。"

"十分愿意为你效劳，殿下。叫我萨克，我猜想，你已经从席恩那里得知了有关我的事。"

"是的，大致知道了一点。不过别称我为殿下，从你口中说出来尤其使我难为情，还是简单点，叫我莎拉吧。"

"好的，如果这样能使你放轻松的话，我很乐意。但是一会儿见了老师，最好别这么说，你知道，年纪大的人总是特别注重礼数，'直呼巫女的名字'这个要求会使他老人家生气。"

莎拉点点头，乖乖地跟在萨克身后向树都深处走去。

茂密的森林正中央，有一座奇怪和丑陋的古堡。之所以说它奇怪，是因为底下既没有根基，顶上也没有吊索，整个城堡完全悬浮在空中，像是一个表面凹凸不平的劣质水晶球；说丑陋，是因为它的外形扭曲怪异，丝毫不像建筑物，的确丑陋到极点。

"天哪！"

莎拉狠狠给了自己一拳，发觉很痛，不满地嘟起嘴巴喊："这不会就是所谓的巫女神殿吧？

真要命，它就像一颗没有发育齐全的马铃薯，和我想象中的神圣殿堂相差太远了！"

"相信我，不是。"萨克忍住笑，打开大门，绅士地请她先进，然后用礼貌但轻松的口吻说："我很高兴听到你对树都的评价，事实上，这是老师最引以为傲的杰作。我曾经认为我的审美观有点不对劲，但是现在我明白了，我还不至于错得离谱。"

哎哟，幸好不是！莎拉悄悄吐吐舌头。萨克略施魔法，大厅顿时灯火通明，亮如白昼。

萨克带她进入一间房间，让她简单地梳洗一下。

"这里没有女人，请原谅，什么都得由你自己动手。"

"这根本不算什么！"

莎拉耸耸肩，特别申明："萨克，我不是富贵人家的小姐，你看得出来，对于在孤儿院长大的我来说，这些事太稀松平常了。"

她笑嘻嘻地扯下因洗了太多次而褪色的发带，散开她蓬松卷曲的头发。红发如一团燃烧的火焰，光彩夺目，妖异而绚烂，几乎摄去萨克的魂魄。

他倚在门框边，微笑着凝视她，轻声说道：

"你的头发真漂亮。"

"谢谢！"

听到他这么称赞，莎拉有些得意过了头，以至于脱去外袍时，身上叮叮当当地落下许多往日的"珍藏道具"，她都没有注意。

萨克不动声色地扬了扬眉，细细数过：恶哭虫卵两枚，兔齿枯叶一片，小人蘑菇一枚，催泪粉一小罐，泥浆虫粪便一小瓶，美人鱼眼泪两颗，以及风铃种子若干。

唔，真是不错的收藏品！

萨克嘴角悄悄上扬，视线又忍不住集中在这位可爱的女士身上。

莎拉对着镜子很快打理完一头乱发，重新系上发带，歪着脑袋自我欣赏了片刻，然后拿起沾湿的毛巾仔细把脸抹干净。看起来还不坏，莎拉心想，一边抖抖松垮的棉布裤子，一边得意地左右摇晃身体。

突然，眼角瞥见散落一地的私人收藏品，莎拉羞愧地涨红了脸，叫道："啊！这是怎么回事？我刚才都做了什么啊？"她慌张地弯下身，手忙脚乱地把东西塞进衣服里，口中嘀咕："萨克，你刚才一定在发呆或者在看别处，对不对？你得保证你什么都没有看到，快保证！"

萨克只得说："我保证。"

"不行！你的语气太没有诚意，你得发个誓，说你没有看见这些东西中的任何一个！"

萨克哭笑不得地回答："我发誓。"

莎拉这才满意地点点头，当作什么也没发生，挺起胸膛说。

"走吧，我准备好了。"

长者骑士设计的城堡，还真是名副其实的表里如一！莎拉无奈地想，她小时候胡乱涂鸦的城堡也远比这颗烂马铃薯好上千倍，至少，长廊不会一头宽一头窄，楼梯不会像蛇一般歪歪扭扭，墙壁上也不会布满大大小小的坑。

莎拉开始同情起特拉伊和萨克来，他们在这种地方待了那么多年，精神居然还未崩溃，当真值得敬佩。

莎拉索性闭上眼睛任由萨克牵着她往前走，也不知转了多少弯，穿过多少门，终于在一个昏暗的角落停了下来。

"请进来。"

一个苍老的声音从房内传来，把没有防备的莎拉吓得浑身发抖。

她下意识地捏紧萨克的手，仿佛这样做便能

增添勇气，然后吞了吞口水说："我、我们进去好了。"

"不是我们，是你。"萨克不着痕迹地挣开手，礼貌地请她进门。

"我一个人吗？可是里面好暗啊！我什么都看不见，难道不能放几个光球吗？不，哪怕有一丝光线也好。"莎拉努力不露出害怕的模样，那会让她丢脸，但她颤抖的语气又轻易暴露出她的胆怯。

"老师不喜光，别介意。"

"那么，特拉伊和席恩他们在里面吗？"

"不在。"

"那……"磨蹭了半天，她仍然不愿意单独进去。

"萨克，你也一起进来。"里头又传出那个声音。

这次莎拉听清楚了，凭她的经验，她可以断定，这个声音和咕噜鸟用坚硬的屁股摩擦铁栅栏时发出的声音完全没有区别。

萨克听到指示，恭敬地答应一声，轻轻推着莎拉走进房间。

借着门外微弱的光线，莎拉四下打量，但她立刻发现根本不需要"四下"，因为房间很小，而且只有一件家具———一张床。这张床摆放在惟一一个勉强算得上是直角的角落里，床宽而短，即使是莎拉这样的小个子躺上去，恐怕也会比床多出一个脑袋的长度。最古怪的是，床很高，床沿几乎到达莎拉的胳肢窝，这使得整张床看上去像个大方块。

床上隐约躺了个人，那人说："请坐。"

莎拉正犹豫着怎么打招呼才好，身后某样东西冷不防地击在她的膝盖上，她双腿一软，不偏不倚地坐倒在椅子上。

莎拉本来就提心吊胆，又受了惊吓，于是心里尚未酝酿成熟的词语便一古脑儿脱口而出："你好，先生，我叫莎拉！今年十六岁，除了魔法什么都会！"

噢！糟糕透了！听起来简直像是来应征工作的女佣。听见身边的萨克低笑不止，莎拉懊恼羞愧地扭起手指头。

"呵呵呵！看到殿下如此健康活泼，我就放心了。"

长者骑士的笑声听上去十分怪异，莎拉又联想到了咕噜鸟某种不太雅观的动作，她不得不使劲摇晃脑袋阻止自己胡思乱想。

"我的名字……叫做约代穆，巫女殿下。"

长者骑士拖长了音调，带着老人特有的喘息声，缓慢说道："请恕我身有残疾，不便下跪，不能表达对殿下最崇高的敬意，我感到万分惭愧。"

"我才不要，不，我的意思是说……我经受不起。"

"殿下，别看轻自己。你要知道，对于一名骑士来说，能向至高无上的巫女下跪并接受她的祝福，是骑士最高的荣耀。"

如坐针毡的莎拉嗫嚅地回答知道了，心里却琢磨着怎样快些离开这个让她胸闷气滞的空间，在她看来，陪着滴滴熊跳一天小丑舞都比坐在这里强。

不过，她很快就改变了主意，因为从约代穆的口中，她听到了十分感兴趣的话题……

第5章
昔日辉煌

　　老骑士说的究竟是不是真的？她的记忆真的被封印了吗？为
什么要封印？又被封印在哪里？爱兰格斯巫女的遗体如果真如骑
士所说的，能够解开封印的话，那遗体又在哪里？虽然这么说对
死人不太恭敬，可一具摆放了十六年的尸体不是早已腐烂成泥巴
了吗？即使生前魔力再强大，死后也都烟消云散，回归为零，那
巫女的遗体又怎么可能有魔力为她解除封印？看来，问题的关键
还是在十六年前导致巫女死亡的那次事件。

第五章　昔日辉煌

门外透进的晦暗光线，将莎拉的影子拉长，一直延伸到长者骑士约代穆模糊不清的脸孔上。由于这位卧病在床的老骑士无论是在他独特的嗓音上，还是在其登峰造极的艺术造诣上，都给莎拉留下深刻的印象，以至于她总是提不起勇气走上前，去仔细分辨这小老头的长相，她的视线不是在地板上游移，便是在他头顶上飘忽不定。

莎拉觉得，与其被一张终日不见阳光的鬼脸吓得心脏病发，还不如保持目前的距离，礼貌而含蓄地远远欣赏对方来得实在，何况她现在一抬头，还可以看见赏心悦目的萨克先生，非常有益于身心健康。想到这里，她不着痕迹地又把椅子挪后了几步，于是长者骑士的脑袋又随之模糊了几分。

约代穆忍不住咳嗽了几声，问道："我刚刚说到哪儿了？"

"你说到特拉伊的银头发，先生。"莎拉回

答，兴致勃勃地听着。

"噢，是的，特拉伊，可怜的孩子。"约代穆慢吞吞地说，"他不愿意和你谈论十六年前的事，是吗？"

"是的，他只提起过一次。"莎拉想了想，沮丧地说："他甚至不太愿意和我说话。"

"别埋怨他，殿下，每个人都有不堪回首的过去，特拉伊也不例外，因为，对于巫女，他的心头始终有个结。"

"可以说给我听吗？"莎拉央求。她觉得这对她很重要——虽然她不明白究竟重要在哪里。

于是，通过约代穆断断续续的讲述，莎拉终于大致明白了特拉伊对她的态度阴晴不定的原因。

原来特拉伊出生在南岛北部的一个小村庄里，和所有初生婴儿一样，他接受法师的洗礼和赐福，在父母的疼爱下幸福生活。可悲的是，这份疼爱只持续了一个月，理由便是他逐渐变化的头发颜色，这种近乎白色的耀眼银光一直以来被视为不吉利的凶兆。于是，很快地，类似"巫女讨厌银色，所以不会来本村"的流言便在村子里传开。恐惧和绝望的阴影笼罩整个村子，特拉伊的父母不堪村人的折磨，终于狠下心将还是婴儿

第五章 昔日辉煌

的特拉伊抛下山谷。其后，可想而知，自然是长者骑士收养了他，并将他教导成一名能独当一面的重战士。

特拉伊懂事的那一年，从长者骑士口中听到了自己被抛弃的原因，自那以后，他便留起了长发，倔强并骄傲地把这头曾为他招来不幸的银发保留下来。

毫无疑问的，特拉伊憎恨巫女，但是，面对莎拉，他又并非只有憎恶，而是怀有更复杂更矛盾的情绪。他一方面厌恶她巫女的本质，另一方面又同情她的命运；他正直善良的心想竭力帮助她，对过去的耿耿于怀又使他潜意识里排斥她。这样的矛盾心理下，他对莎拉的态度就像是风中的烛火般飘忽不定，难以捉摸。

约代穆还在叙述着故事，莎拉的心思已经飘荡到远方，她呆呆望着地板，眼神没有焦距。她正在仔细体会自己得知特拉伊身世后的感觉，究竟是悲伤的成分多呢？还是喜悦的成分多？不，莎拉摇摇头，都不是，她觉得还有一种说不出的感觉，这种感觉让她的心变得异常柔软。

"殿下、殿下？"约代穆唤了几声终于把莎拉的心神唤回来，于是他又说起了故事。

但是莎拉一脸茫然，她悄声问萨克："对不

起，他刚才说到哪里了？"

"说到美丽的女神。"萨克回答。

昏暗中，约代穆仿佛用枯瘦短小的手臂拭了拭眼睛，继续缓慢且费力地说："那时候，她就像是个四处散播爱与希望的天使，凡是她到过的村庄，邪灵纷纷退散，恶魔无不遁逃，人们含着热泪欢笑庆祝，以表达对巫女的崇敬和感激，而其他村子的人则伸长了脖子翘首企盼她的到来，在最痛苦绝望的时候，以此作为支撑他们的精神力量。渐渐地，她的存在变成了一种信仰，一种寄托……"

"然后呢、然后呢？"莎拉像小鸡啄米般点着头，迫不及待地发问。爱兰格斯巫女有多美丽、多伟大，她统统不爱听，现在她只想知道十六年前究竟发生了什么事，这件事和自身又有什么关系，仅此而已。

"耐心听下去，我的巫女殿下，这些都是殿下你当年的光辉事迹。"

"噢！饶了我吧！我当年既不美丽也不伟大，我不会耍着魔杖驱除妖精，更不可能成为人们的精神寄托，因为那时我还没出生，就这么简单！"每个人都把她和另一个人混淆，莎拉突然觉得有些不耐烦，她绞着手指，小声嘟哝。

"无论信还是不信，殿下的的确确就是爱兰格斯本人。"

"我不是！"

这真叫人生气！莎拉气得差点从椅子上跳起来，若不是萨克悄悄按着她，她恐怕会一气之下跑出门去。

莎拉就是莎拉，不是什么爱兰格斯，绝不是！虽然她顽皮捣蛋，成天无所事事，既不聪明也不勤奋，甚至还是世上惟一一个不会施魔法的人，照老院长的说法，她是一个一无是处、披着人皮的惹祸精！但是，这就是真实的莎拉，堂堂正正活了十六年的莎拉。如果要给予她一个至高无上的身份，同时却把镶有另一个人名字的光环套在她身上的话，她宁可不要这份不属于自己的荣耀。

即便长者骑士的说话内容十分精彩，引人入胜，此刻的莎拉也意兴阑珊了，更何况他的言词根本毫无趣味，怪异的声音更是折磨得人心头难受。她想自己大老远从西岛赶来，可不是为了听一段索然无味的故事，尤其这还是别人的故事。

约代穆的喉咙里不断冒出难过的呻吟，长长的叹息过后，他开口说：

"唉！殿下什么都不记得了，这也难怪，因

为，你的记忆被暂时封印了。"

好吧，莎拉在心底投降地说："既然你老人家坚持，我也没办法，姑且就当自己是某个大名鼎鼎的人物转世好了……"

不过，转世归转世，莎拉还是莎拉，绕来绕去她还是不肯承认自己就是爱兰格斯，但"转世"这个想法令她舒服许多。

于是她平静下来，问道："封印记忆？这个说法真新鲜，你是想替我解开这个封印吗？"

约代穆摇头，"很遗憾，我做不到。"

"那么谁能做得到呢？不会是爱兰格斯本人吧？"莎拉半开玩笑地问。

"的确是爱兰格斯巫女殿下……"

"她的遗体？"莎拉嘻笑了两声，却突然抿起嘴，笑不出来了。

因为他竟然缓缓地点头，莎拉惊恐地睁大眼睛。

"今天就到这里，我累了，巫女殿下，剩下的明天再说吧……"

"啊？没有啦？等等！"

刚才还抱怨故事太乏味的莎拉，这时又意犹未尽起来，正听到关键的地方，讲故事的人却说"欲知后事如何，请听下回分解"，这好比享用

第五章 昔日辉煌

美味佳肴，吃到还剩一口时，调羹却被人夺走了一样，挠得人心里直发痒。

莎拉为自己刚才的不耐烦感到脸红，她刚想厚着脸皮恳求老人继续讲下去，有人已经将她从椅子上拉了起来。"萨克？"

萨克把手指抵在唇上，做了个嘘声的动作，莎拉顺着他的视线望过去，发现长者骑士疲惫得睡着了，还发出均匀的呼吸声。莎拉只能放下一肚子的疑问，乖乖跟着萨克走出房间。

老骑士说的究竟是不是真的？她的记忆真的被封印了吗？为什么要封印？又被封印在哪里？爱兰格斯巫女的遗体如果真如骑士所说的，能够解开封印的话，那遗体又在哪里？虽然这么说对死人不太恭敬，可一具摆放了十六年的尸体不是早已腐烂成泥巴了吗？即使生前魔力再强大，死后也都烟消云散，回归为零，那巫女的遗体又怎么可能有魔力为她解除封印？看来，问题的关键还是在十六年前导致巫女死亡的那次事件。

爱兰格斯巫女之死仿佛一个禁忌的话题，无论是特拉伊、席恩，还是长者骑士，都采取刻意回避或者干脆闭口不谈的态度，或许，她应该从另外一个人那儿着手……莎拉偏过头，看着身侧挺拔俊秀的萨克骑士。

萨克也正好在看她，用好听的声音礼貌地问："有什么事我可以为你效劳？"

"嗯……"莎拉转了转灵活的眼珠，心里正盘算着怎么样从这名温文儒雅的骑士嘴里打探消息的时候，一个小小的身影飞奔过来，险些撞进莎拉的怀里。

"噢！对不起，我不知道你也在这里。"看见萨克，席恩羞愧地涨红脸，原本环住莎拉的两手连忙藏在背后。尽管萨克表示不介意，席恩还是像个可敬的小绅士，为自己的失礼鞠躬后，向着莎拉说："真抱歉，我不得不离开一阵子，可能两三天，也可能几个月，但我发誓，任务完成后，我一定飞快赶到你身边。"

"怎么？发生了什么事吗？"莎拉问，她看见席恩的腰间绑了宽厚的腰带，手腕和脚踝也穿戴了结实的护具，一副出远门的打扮。

"我得回老家一趟，莎拉。"席恩围上披风，扣上扣子时发出"叮"的清脆响声，他的脸上带着些许自豪，"我刚从老师那儿得到消息，十六年前销声匿迹的紫风魔杖原来就在嘎帝安古神社里，我们族人千辛万苦到处寻找的神器，原来就躺在我们的眼皮底下。哈，真是惊人的好消

第五章 昔日辉煌

息！我的父母会高兴得发疯的。”

莎拉被他的喜悦感染，也笑了起来，“不过这紫风魔杖又是什么东西？”

“是你惯用地武器。”一旁的萨克解释，然后微笑地对席恩说道：“我送你一程吧。”

席恩摆摆手谢绝。“不用了，萨克里菲斯先生，老师给了我两头飞行兽，只需要半天就可以抵达东岛，你的行动力还是留着保护莎拉吧……啊！我得走了，如果顺利的话，我还赶得上一顿丰盛的晚餐。”

莎拉亲吻他的额头，说了声保重。

他挥挥手，迈开轻盈的脚步，飞快跑起来。显然，因为不会空间移动，席恩在脚法上下了不少功夫。

一阵风拂过，他人已跑出树都大门，莎拉从窗户远远看到他一跃跳上小车，然后由两头粉红色的飞行兽拉着，渐渐消失在天际。

“刚才，你是有事想问我吗？”

莎拉将视线拉回，聚焦到萨克的脸上，老实地说：

“是的，可是问题太多，我还没整理好。”

“正巧我也有事询问，若是不介意的话，我们找个地方……”萨克突然停下，凝视大厅门口，一个银发黑衣的男人从里面向他们走来，萨克轻轻说了声抱歉，然后便向那人走去。

那是特拉伊，他换了宽松的便服，长发披散下来，益发显出慵懒的味道。

莎拉没有留意萨克说了什么话，注意力全集中到特拉伊身上。

她想起初次见面的时候，他也是这样一副神情，就像个有钱有权却游手好闲的浪荡贵族，事实上他给人的第一印象确实如此。可相处过一段时间后，莎拉发现他其实有着相当暴躁易怒的一面。一般说来，自然情况下表露出的性格才是真正的性格，那么也就是说，慵懒是他的伪装……莎拉立刻摇了摇头，否定自己的想法，萨克是他的师兄，算得上是最亲近的人，在亲近的人面前，不需要刻意伪装什么，因此，莎拉觉得自己多虑了。

一直到晚餐结束，莎拉也没有找到和萨克单独谈话的机会。特拉伊带着她走出餐厅那一刻，萨克深深看了她一眼，莎拉不知道那眼神意味着什么，也无暇顾及，因为此时特拉伊亲密地牵着她的手，温柔得一反常态。莎拉不由得脸红心跳，被他握住的手掌，像有千万只小虫在爬行般酥痒。

"请容许我问一声，萨克刚才和你说什么？"带领莎拉走到安排好的客房门前，特拉伊笑容满面地问她，即使是在人前，他也从没露出如此刻意的殷勤笑容。

"萨克？没什么呀！"莎拉狐疑地回答。

"真的？"他仍然笑着，月光透过窗户洒在银发上，映射出荧荧幽光，他秀气的脸庞又凑近几分，温热的气息几乎吐在莎拉红彤彤的脸颊上，"你真的没有故意隐瞒什么？"

"我需要隐瞒你什么吗？"莎拉退后两步，他虽然在笑，却使她害怕，她调整了呼吸后说："萨克的确说过有事问我，但见到你来了，他就没有说下去。"

"原来如此。"

莎拉更不明白了，疑惑地注视着他。

"答应我一件事好吗？"特拉伊捧起她的脸，牢牢注视她的眼睛，降低音量道："听着，如果萨克问起我们在妖蝶村那里发生的事，无论是什么问题，你都回答不知道，好吗？"

妖蝶村发生了什么事？莎拉心里想，她的确不知道啊！他就算不交代，她也会回答不知道，但如今他却刻意请求，她就不得不产生怀疑了。

莎拉正打算问个水落石出，特拉伊却突然像

缕轻烟般平空消失了，连声招呼都不打。莎拉呆愣了一会儿，不明所以地探头出去张望，却不料撞上了另一个人。

萨克静静地站在门外，看见莎拉便露出一贯的温和微笑，他并不急于进房间，也没有直截了当地打开话匣子，只是有礼貌地问她是否有时间详谈。

莎拉喜欢他有教养的说话方式，那使她感到平静和安心，但是由于发生刚才的事，她的脑子里思路混乱纠结如同一团乱麻，在听任何人的片面之词前，她必须好好运转她很久不曾活动的脑筋，理出头绪才行。

于是，莎拉借口身体不舒服，婉转地回绝了萨克的提议。说话的时候，她有些心虚地低下头，生怕理由被对方戳穿，当然，她也没看见萨克失望的表情。

"好吧，既然你这么说，请早点休息。"萨克点点头，递给莎拉一颗拇指指节般大小的透明珠子，"这是我的祈水珠，需要的时候弄破它，我会立刻赶过来。"

"好的，谢谢你。"莎拉答应一声，把珠子收进口袋，急忙关上了门。

这两个人真古怪！

　　莎拉躺在床上，边玩弄枕头边上的流苏穗子，边胡思乱想。特拉伊和萨克虽说是同一个老师的学生，也在同一个地方生活，但彼此却像互相提防的陌生人，碰上问题居然不愿面对面询问，还要透过她这个外人，当真匪夷所思。尤其是特拉伊，他为什么要那样说呢？

　　"听着，如果萨克问起我们在妖蝶村那里发生的事，无论是什么问题，你都回答不知道，好吗……"

　　想起妖蝶村，莎拉的背上就神经质地隐隐作痛，嘴里那苦涩的滋味还记忆犹新。她仔细回想当天的情景——他们三人在泥泞潮湿的林子里步行，她的脚被无数地精缠绕，然后她生气抱怨，接着，就在她赌气的时候遇见了妖蝶……

　　等等，那时候特拉伊说了什么来着？让她别抱怨了？不，他还说了一句——

　　快到了！

　　没错！他的确是那样说的，莎拉顿时领悟到什么，把枕头用力抛开，身体一骨碌地爬起。

　　看起来我的脑筋还不算太糟糕，莎拉心想。特拉伊当时那么说，代表他是有目的性地向着一个地方走，而且很显然的，目的地并不是他口中的巫女宫殿，而是被称为禁忌领域的妖蝶村。但奇怪的是，根据他后来的说辞，他是无心的，这矛盾又该如何解释呢？

"特拉伊不会是对巫女恨之入骨，又不愿意亲手了结我，所以想借妖蝶之手报仇吧？呵呵，还特意请了席恩当见证人呢……不对！真要命，我怎么会有这种荒谬的想法？他要是想害我，又怎么会亲自来迎接我，还费尽心思教我魔法？"

莎拉抓抓头发，苦恼地低叫一声，停止胡思乱想，仰天倒在床上，目光自然落在凹凸不平的天花板上——真是令人拍案叫绝的艺术品味！她又忍不住低声哼了哼。这种诡异的设计让她产生不好的联想，她闭上眼睛，想起许多年前老院长的丈夫死去时，她曾经跟随送葬队去过墓地，那片土地也是凹凸不平的，凹陷的是坟，凸起的是碑，风一吹，扬起的不只是沙尘，还有凄凉。

此刻，莫名其妙地，她的脑中浮现出这种景象，心头不自觉地酸楚起来。那位年老病残的骑士先生，在建造这座城堡的时候，是不是也有着同样的心情？住在城堡里的特拉伊，又有没有体会到同样的悲凉？

莎拉就这样从特拉伊想到长者骑士，又从长者骑士想到特拉伊，想他煞有介事的傲慢、被迫

降落时的狼狈、拥抱自己时的温柔、遥望远方时的哀伤，想得满头满脑都是他的身影……

"不行，我得出去吹风，让头脑冷静一下。"莎拉捂着发烫的脸颊自言自语。早知道独自冥想的后果是思路越来越乱，还不如刚才接受萨克的提议，听听他的看法，不论是对是错，好歹强过一个人瞎折腾。

一出房间没过多久，莎拉发现自己又犯了个错误。这里狭窄扭曲的走道，多得数不清的扶梯，而又什么标志也没有，让初次到来的莎拉晕头转向。兜了不知多少圈子后，她终于放弃了，苦笑着叹息，完了！风没有吹到，脑子却清醒了，理由很简单，因为——她迷路了！

就在这时，长廊的另一头隐约飘来幽幽的呜咽声，像是婴儿的啼哭，又像是女人的啜泣，一声接着一声，越来越清晰。

莎拉好奇地向着声音的源头走去……

第6章

黑魔导士

　　"理由我并不清楚，据老师说，那是由于对巫女力量极端嫉妒而产生了仇恨的心理。墨出身于上流黑魔导士世家，先天属性黑，优越的环境加上自身的天赋，造就了一个精通黑魔法的天才。他不仅掌握绝大部分古老邪恶的黑魔法，还大量阅读其他属性的魔法书，尽一切可能熟悉所有魔法。然后，可怕的事发生了，他创造了一种全新的属性，也是现有的八种属性中，惟一的一个后天属性——银色。"

第六章　黑魔导士

　　清晨第一束阳光悄悄溜进房间，隔着单薄的眼皮持续地刺激脆弱的眼球，莎拉嘟哝一声，不满意地翻过身体，把头缩进被单里。

　　床前似有人走动，反复发出声响，啪嗒啪嗒……啪嗒啪嗒……

　　"啊！好吵！"莎拉抽出枕头，狠狠盖在脑袋上，含糊沉闷的声音从缝隙里传出来，"老太太，你弄错了啦，今天轮到弗洛尔打扫院子，不是我。"

　　走路声依然持续，有节奏地从她身侧发出。

　　莎拉受不了地捂住耳朵，"哎哟！行了行了，我这就起来，不过至少让我把这个梦做完……"咦？老太太居然破天荒没有拿起扫把揍她屁股？这倒是稀奇得很。她疑惑地半睁开眼睛，模模糊糊看到床边有个挺着大肚子的老院长。

　　老院长今天是哪根神经搭错线了，竟然披了

件艳黄色的羊绒大袍？还不合时宜地在脖子上系了条枣红色的长领带？她想干什么？表演话剧吗？嗯，如果真是这样的话，她等会儿一定要郑重其事地好好恭维她一番，就说这身衣服非常非常适合她老人家，活脱脱就像一只营养过剩的肥鸭子。

"鸭子？"突然清醒过来的莎拉从床上蹦起来，瞪大了眼睛，"噢，太可怕了！老太太，我为你感到难过，你真的变成了一只名副其实的鸭子！"

"殿下，能被你一语猜出种族，我感到十分荣幸。"

鸭子深深鞠了个躬，"我是树都的总管兼厨师，不过，我的名字不叫鸭子，那只是人类对我们一族的通称。"

莎拉惊得瞠目结舌，以至于睡衣的肩带从肩膀一侧滑下她也浑然不知。

对了，她忽然省悟过来，她已经离开孤儿院好多天了，这里是树都，老院长不可能在这里。不过，还有什么比见到一只打领带、会说人话的鸭子更加荒唐可笑的事？

"那你叫什么？"

"我的名字是鸭子先生，殿下。"

噢，救救我吧！这只特立独行的鸭子还会说冷笑话！

鸭子先生做了个恭请莎拉下床的动作，肚子上的肥肉随着身体的摇摆而起伏抖动。它伸出毛茸茸的手扶着莎拉，脚掌仍旧发出"啪嗒啪嗒"的声音。"殿下，昨晚睡得好吗？"

被它这么一问，莎拉才猛然想起昨晚发生的事。"不太好，简直糟透了！"她一边回答，一边穿上衣服，简单地梳洗打理。

都是这只鸭子的错，害她吃惊过度，险些忘记昨晚她做了一个很长、很离奇但很真实的梦。

梦中的她，在迂回复杂的长廊间徘徊，迷失了方向。她隐约听到不远处传来轻微的呜咽声，便循着声音走到长廊的尽头，尽头有一间房间，房门上了锁，断断续续的妖异哭声便是从这扇门后发出来的。

她趴在门上仔细寻找夹缝锁眼，却什么都找不到，这扇扭曲的门像是整个儿嵌进石墙中，连一点让她偷窥的缝隙都没有。无奈之下，她只能用金属的门环敲打房门，盼望里面的人出来为她指明回房间的道路。虽说她不相信这座城堡里的路仅靠"指明"就能辨认出来，但有人和自己说说话，总比独自在冰凉的走廊上摸索要好很多。

随着金属敲击石板的铿锵声响起，哭声立刻停止，长廊顿时变得死寂沉静，仿佛之前的一切声响都是她的错觉。不可能，她坚信自己的感觉，于是更加使劲地敲打房门。这种时候是顾不得讲礼节、装体面的，必须厚着脸皮，她这样安慰自己。

果然，短暂的沉默之后，在一阵诡异的摩擦声中，门如愿开启。

只不过，门的背后并不是预料中的好心人，而是……

"殿下，殿下？"鸭子先生肥厚的鸭掌在莎拉面前摇晃，"巫女殿下，餐厅到了。"

"哦……好的，谢谢你，鸭子先生。"莎拉从恍惚中惊醒，心脏还在为那似乎是真实的梦境而狂跳不已，敦厚老实的鸭子先生在离开前向她鞠躬几次，她都没有注意。

她走进餐厅，眼神茫然。

"早上好，莎拉。"说话的是萨克里菲斯，他站在餐桌边，正把染了色的香草叶子撒在刚做好的羊奶冻上。

莎拉回了声早上好，眼睛却在四下搜索另一个人，特拉伊不在，她感到非常失望。她在萨克

的身边坐下，心不在焉地拿着勺子在汤中胡乱搅拌着。

简陋的餐桌上，摆着一朵盛开的红菊，那是萨克刚才在附近的山头摘来的。为了欢迎第一位光临树都的女性，他想为没有情调的房间增添一点明亮色彩，另外，火红的色彩和莎拉的头发很相配。

只可惜莎拉精神委靡，压根儿没有留意到萨克的细心和用意。

"你的气色仍然不好，现在感觉怎么样？"萨克看着她说，"昨天晚上，你的情形让我很担忧。"

"昨天晚上？你是指什么？"莎拉很惊讶。

"不记得了吗？你用祈水珠呼唤我，等我赶到时，你已经昏倒在地了。"

"你是说那颗珠子？"莎拉连忙低头在口袋里摸索，那颗透明珠子果然已经裂成碎片。"噢，对不起，我想可能是我不小心弄碎了……等等！你说什么？我昏过去了？"

"是的，在老师的房间门口。"

"什么？"莎拉惊讶地弹起身来，把满满一碗汤汁翻倒在地上，她抓着萨克的袖子惊惶万分地问：

罗　罗（巫女村少女）

　　这位年仅十四岁的姑娘长着一个扁平的大鼻子和一张不讨人喜欢的阔嘴，但是眼睛大而有神，笑起来十分可爱。她给莎拉端上一盘香喷喷的墨鱼卷，两只小手在围裙上擦拭几下，然后恭敬地回答："你们有所不知，这是我们巫女村的传统。"

"你肯定吗？萨克，诚实地告诉我，你说的是真的吗？"

萨克轻拍她的肩膀，安慰道："莎拉，坐下来吧。试着放松、冷静，慢慢告诉我，究竟发生了什么事？"

莎拉面对萨克，视线却越过他的脸，聚焦在他身后，喃喃地说："原来，并不是梦太过真实，而是这原本就是事实……"

莎拉起初犹豫不决，在萨克的鼓励下，才时而停顿、时而急切地把经过说了出来。事实上，不论她愿不愿意，此时此刻也只有萨克一人可以诉说，值得庆幸的是，这位正直的骑士看上去非常可靠。

"门开的那瞬间，我看到了我自己。"

带着恐惧和迷惑，她闭上眼睛艰难地回忆，白皙的额头逐渐渗出细密的汗珠：

"我的脸上、手上沾满了黏稠的血，那是从我身体涌出的血，我看到原本应该是心脏的位置此刻却成了一个大窟窿，我的心躺在地上哭泣，我的眼睛流出鲜红的泪水，我慢慢地倒下去。这时，身后出现另一个女人的脸，她的舌头又细又长，就像她的脖子一样。她声嘶力竭地哭着，大口大口地吞噬我的血液，很快的，她也变得和我

一样，满脸满手都是血……"

"然后呢？"萨克仿佛感受到同样的痛苦，他想去亲吻她悬在半空中颤抖的手指，但他忍住了。

"然后，我的后脑勺仿佛被雷电击中，我感到剧烈的疼痛，顿时失去意识。"莎拉心想，大概就是倒地那个时候，把珠子压碎了，"接着，就像你看到的，我倒在地上不省人事。我本以为这是梦境的一部分，现在看来并不是，我的的确确看见了那扇门背后的东西，而且……"

莎拉本想说，她怀疑袭击她的人就是房间的主人——长者骑士，但她意识到在萨克面前这么说，无异于诋毁他的师长。她立刻舌头一卷，将话题绕了开去。"不管怎样，我得谢谢你，萨克，你已经救了我两次。"

"这不重要。"

萨克摇头，担忧地望着眼前脸色苍白的少女，"重要的是，你有没有看见究竟是谁对你施的魔法？"

"完全没有，我希望我的后脑勺也能生一对眼睛，不，哪怕一只也好。"

莎拉竭力克服恐惧，甚至故意大声嚷着要去见见长者骑士，虽然事实上她对那间阴沉晦暗的房间害怕得要命。她说道："走吧，萨克，带我去见你的老师，我还想继续聆听昨天说到一半的故事。"

"真遗憾。知道吗？萨克，老师的身体已经进入休眠期，短时间内是不可能醒来了。"特拉伊正巧从外面走进来，适时地插入对话。

"特拉伊，你来啦！"尽管对他有所怀疑，一看见他，莎拉仍显得很快活，她蹦跳着走近他身边，问道："休眠期，那是什么意思？"

"是身体长时间不吃不喝，依靠恢复魔法来进行自我调节的一种状态，说老实话，老师最近总是显得很疲劳，是该好好休息了。"

"可是，他昨天还好好的。"

"那是为了迎接你，莎拉，老师不得不强打起精神，你知道，他其实连说话都困难。"特拉伊显得有些生气。

莎拉却不这么想，她更相信长者骑士是因为昨晚某个时候，对一位可爱的无辜少女施放了雷电术或者电击术之类的魔法，导致魔力枯竭，才累趴下的。然而，她不希望因为这些话令特拉伊整天对她臭着一张脸，所以她宁愿把想法深深地藏在心里。

"这可真遗憾哪，我还有很多话想和他老人

家说呢，噢！我真是不幸啊！"莎拉装出一副颓丧的表情，反正不用再度光临鬼屋，她乐得挑好听的说。

"如果你的遗憾是指听不到爱兰格斯巫女故事的话，不用担心，我很快就会告诉你。"

"是真的吗？你终于想通了，你真的愿意告诉我了？"

"这是老师的意思。不过我们得抓紧时间，老师给了我下一个任务，莎拉，你去简单收拾行李，我们边走边说。"

"特拉伊，你太棒了！我们是要去旅行吗？要去哪里？巫女神殿吗？"

"老师改变主意了，我们去北岛的巫女村，快去整理吧，我们一会儿就上路。对了，别忘了带上那把匕首。"

莎拉已经快乐得忘了所有不愉快的事，既不用战战兢兢面对那古怪的小老头，又可以正大光明离开这座如同坟墓的马铃薯城堡，一切如愿，莎拉实在兴奋得想要欢呼雀跃。

萨克站起身，默默注视着欢天喜地的莎拉，低下头，嘴角浮现出一抹失落的笑。

"萨克？"

听见莎拉唤他的名字，他抬起头。

莎拉笑嘻嘻地问道："萨克，你会和我们一起去吧？"

愣了一会儿，萨克笑了，迷人的眼睛又形成那种奇特的弧度，他轻轻说道：

"当然，乐意之至。"

去北岛玄诺尔的路途遥远，即使行动力深不见底的萨克也不得不中途休息一次，才有办法继续飞行。抵达玄诺尔中央的塔伦湖边时，特拉伊建议大伙儿步行走到巫女村，一方面为了节省行动力，另一方面，可以利用这段时间满足莎拉的好奇心。

"这么下去会把你累坏的，萨克。"特拉伊说，一边执意夺下萨克手中的旅行袋，自己背在肩上。

这个举动让莎拉很欢喜，她开始认为之前的担忧太多余了，他们之间的手足情谊是显而易见的。

"莎拉，我有些话要说，你过来一点。"特拉伊说。

"要我回避一下吗？"萨克微笑着问道。如果不是带着两个人，他可以很轻松地先行抵达巫女村。

"你省省吧，萨克，这是老师要我转达的话，不是见不得人的事情。"特拉伊转头对莎拉说："我说话不如老师详细，只挑重要的部分说明，你大致明白就好。"

谢天谢地！莎拉暗想，她求之不得呢。"好的，我听着呢。"

于是特拉伊和莎拉走在前面交谈，萨克跟在两人后头，默默注视着忽而惊恐、忽而烦恼的莎拉。

"为什么？为什么墨要杀了爱兰格斯？"当特拉伊说到巫女前世的仇敌——墨的时候，莎拉焦急地问道。

"理由我并不清楚，据老师说，那是由于对巫女力量极端嫉妒而产生了仇恨的心理。墨出身于上流黑魔导士世家，先天属性黑，优越的环境加上自身的天赋，造就了一个精通黑魔法的天才。他不仅掌握绝大部分古老邪恶的黑魔法，还大量阅读其他属性的魔法书，尽一切可能熟悉所有魔法。然后，可怕的事发生了，他创造了一种全新的属性，也是现有的八种属性中，惟一的一个后天属性——银色。"

"你是说，银色原本并不存在，而是被墨创造出来的？"

"是的。我曾对你说过，巫女的紫色是一种特殊属性，不为任何属性所克制，却能压制住其他属性。然而自那之后，巫女无敌的地位被动摇了，因为银色恰好是紫色的相对属性。"说话时，特拉伊无意识地看了一眼自己的银色发辫，目光闪烁。

"那么说来，墨岂不是拥有两个属性？"

"你说的一点都没错。"特拉伊回答，"这也就是爱兰格斯巫女为什么会命丧在他手里的最大原因。"

莎拉沉默了一会儿，才开口道："说说那场被形容为惨绝人寰的战争吧。"

"战争？我不能提供更多准确的信息，毕竟那时候我才四岁。"特拉伊耸耸肩，"但我从他人的口中听到过一些。战争的地点在北岛千年冰封的莱斯雪山上，当时，巫女这方的主战力量是嘎帝安的数十万战士和巫女神殿的一千名战斗妖精，但是墨却拥有三千名黑魔导士精英，一万头黄金狮鸷龙，以及数以百万的召唤魔兽，两者实力相差太悬殊了。"

"爱兰格斯很快就输了，是吗？"

"不，据说这场战争持续了十八天，虽然巫女处于弱势，但仍然顽强地支撑下来。许多老一

辈的法师记载历史时都提到巫女的强大，我曾经很不以为然，但是后来我相信了，因为当时爱兰格斯巫女仅以个人的力量，便抵挡住了黑魔导士的大型范围魔法，使得墨的攻击始终无法彻底打垮巫女的战士部队。"

"那后来她是怎么死的？"

"她被……"特拉伊突然顿了顿，正视着莎拉，"你确信要继续听下去？听我说你当年是怎么被杀死的？"

他的语气过于可怕，莎拉顿时像只受惊的小猫般弓起脖子，小声嘟哝："我还活得好好的，被杀死的是爱兰格斯才对，不说就不说，别吓我行不行？"

莎拉还想再问些什么，这时，身后的萨克拍拍两人的肩膀，说道："我们到了，前面就是巫女村。"

于是莎拉又把注意力转移到不远处的村门口上。

第7章

真假巫女

　　"怎么，真以为自己是高高在上的巫女？"贝塔冷笑道："你每天仔细涂抹的这张伪善面孔，也不过是陈旧破败的人皮罢了，莫非长久的糜烂堕落生活使你可悲地把现实与虚幻混淆了？如果真是这样的话，那我不得不好意提醒你，我们的陛下可不是瞎子。"少女立刻涨红了俏脸，怒不可遏地尖叫："我、我不需要你的提醒！你只管做好自己的事就行了。"

第七章　真假巫女

巫女村——这个历代巫女出生之地，与其说它是个村落，不如说是一个大城市来得贴切。

莎拉就像是一个从未出过门的小土包子，张大了嘴巴，呆立在广场中央一个镶着金边的立体路牌边，看着花花绿绿的繁华街道，眼里流露出的向往多过惊讶。

一开口就从嘴里吐豆子的呱呱蛙老爷，亦步亦趋跟在身后捡豆子的百脚虫仆人，长着两个大口袋的飞鼠邮递员，穿着雪白蕾丝薄纱裙、手里握着时髦拐杖的中年太太，骑着黑色长毛兔的体面绅士，以及互相丢着魔法球嬉戏玩耍的孩子，无一不让莎拉感到新鲜有趣。

"同样是巫女，为什么惟独我不是在这里出生的呢？"莎拉暗自嘀咕。她这么想，倒不是嫌弃孤儿院的贫穷，也丝毫不为自己寒碜的衣装感到羞愧，她是在为没有见识到如此多稀奇好玩的东西而遗憾。

街头有个拉琴的白发男人，声情并茂地大声唱着歌，他身前的大口袋里不时冒出几个调皮的小脑袋，莎拉抑制不住好奇心，迈开脚丫就想奔上前看个究竟，却被特拉伊一把逮住。

他强调地说："我们是来寻找巫女殿下的遗体，你应该明白，目前最重要的事是唤醒你的记忆。"

"知道、知道。"

莎拉不甘心地嘟哝，眼睛还是一眨也不眨地盯着白发男人的大口袋，仿佛这样就能看清那里面装的究竟是什么。不一会儿，听见小商贩的叫卖声，莎拉又忍不住伸长了脖子远远张望。哎呀！如果能去这儿的市场逛逛该有多好，她心想，说不定她的泥浆虫粪便还能换两根高级魔法药草或者几颗稀有的变色石头呢！

莎拉转向默不作声的萨克，希望能从他那里得到片刻的特权，在她眼里，萨克比特拉伊要好说话得多。

然而萨克却皱眉，严肃地对特拉伊说："你发现了吗？"

特拉伊含糊地回答："是啊。"

"怎么了？你们两个十分神秘的样子。"

"只是感到奇怪，莎拉，你难道没有注意到

第七章 真假巫女

吗？"看见她困惑的表情，萨克接着说："从刚才到现在，我们连一个年轻姑娘都没见到，这对于偌大一个村子来说，太不正常了。"

"什么？"莎拉一听，气呼呼地双手叉腰，俨然一副老院长的口气训道：

"你们来这儿就是为了找年轻姑娘？萨克，你真不像话。如果是玩笑，我可以告诉你，一点都不好笑。"再说了，他们眼前这位标致可人的小姐，难道是只猴子不成？

萨克连忙解释自己并没有其他意思，只是在说一个事实。

事实上，无论是街道、广场，还是商店、市场、拱廊……凡是他们经过的地方，都没有见到任何年轻女性。

"也许，女孩子们怕晒黑皮肤，都躲在家里呢。"莎拉说出她的看法，心里却想，这些姑娘太娇气，她可不怕。

最后在一间酒店的餐厅里，他们终于遇见了一位名叫罗罗的少女，为众人道出原委。

这位年仅十四岁的姑娘长着一个扁平的大鼻子和一张不讨人喜欢的阔嘴，但是眼睛大而有神，笑起来十分可爱。她给莎拉端上一盘香喷喷的墨鱼卷，两只小手在围裙上擦拭几下，然后恭

敬地回答："你们有所不知，这是我们巫女村的
传统。"

也许是和客人打交道惯了，罗罗说话毫不拘
束，速度很快，说到关键的地方，脸上还隐隐带
着骄傲的神情。"每隔一阵子，巫女殿下会挑选
一批有资质的年轻女孩进宫殿，把她们培养成令
人尊敬的祈祷士，你们知道，这可是为整个国家
的平稳安定祈福的神圣职业。然而，这些娇生惯
养的女孩子可没人们想象的那么勤快，她们总是
笨手笨脚，把时间花在梳头和穿漂亮衣服上，所
以真正通过试炼成为合格祈祷士的人寥寥无几。
噢！可怜的巫女殿下，她不得不一次又一次地挑
选新的培养人选，她是那么辛劳，得到的回报却
少之又少。"

罗罗叹了口气，接着道："我真希望这次她
会挑上我，我发誓我会努力学习，在最短的时间
内成为祈祷士。"

莎拉急于表达自己的想法，但她此刻嘴里塞
满了酥软可口的鱼卷，于是只能低着头发出含糊
的声音：

"巫女殿下？这真是可笑！荒唐极了！"

"你在说什么？"罗罗生气地把盘子重重敲
在桌上，大喊："即使你是客人，我也不能原谅

第七章 真假巫女

你对殿下的侮辱，我希望你能道歉。"

"别介意，她这是一种激动的表现。你知道，对于我们外乡人来说，巫女殿下这四个字实在太震撼了。"

萨克温文的态度很快平息了罗罗的怒火，她不再看莎拉，转而和萨克交谈。

萨克不动声色地问道："请原谅我的无礼，你说的巫女殿下叫什么名字？"

罗罗直爽地回答："斐黛尔。"她用沾了水的手指在桌上拼出名字，末了还虔诚地说了句："向巫女殿下致敬。"

"原来是这样。"和特拉伊悄悄交换了个眼色，萨克继续技巧性地向罗罗打探消息。

莎拉心底觉得很不舒服，她虽然不把巫女的身份看得有多重，但喜欢独一无二这个字眼，在所有人——至少是她认为的所有人——都尊敬地称她为巫女殿下之后，又平空出现一位冒牌货，怎不让她感到愠怒呢？她多想大声宣布自己才是巫女，然而萨克却用眼神示意她安静，她也只能撅撅嘴，暂时把注意力放在精致的美食上。

萨克要了三份特色烤姜饼和一些小吃，听说下一轮祈祷士甄选就在下个月，他又订了两间最好的房间。

"恐怕我们得在这里待上一阵子。"罗罗走后，萨克用歉意的眼神看着莎拉，为刚才的失礼道歉。

　　莎拉还在别扭地钻牛角尖，自怨自艾地叫嚷："我觉得自己简直是个傻瓜，听信你们的话跑来这里自取其辱。特拉伊，你真不该把我从孤儿院接出来，这下可好，又冒出一个巫女，人家都认为那才是真正的巫女！"

　　"可怜的莎拉，你的自信就只有小指头那么一点儿大吗？还是你对我们的眼光缺乏信心？"特拉伊若无其事地吃了一大口红色的姜饼，又从莎拉的盘子里舀了一勺墨鱼卷，"遇见假冒的巫女，你应该更加得意，不是吗？"

　　"可我没有得意的本钱哪！"莎拉装作苦恼地捧着脑袋，期盼得到特拉伊更多的安慰，"除了我那只有少数人才看得出来的先天属性，还有什么可以证明我的身份呢？"

　　"的确。"特拉伊毫不避讳地点头附和："撇开魔法不谈，个子矮小，头发鲜红，举止气质更是相差十万八千里，若我不说，没人会相信你就是那位可敬的巫女殿下。"

　　"你……这是对一名可怜的淑女应该说的话吗？"

第七章　真假巫女

特拉伊一本正经地问："怎么，你难道不是要我赞同你的话？"

这时，一旁的萨克笑出声，适时地阻止特拉伊继续逗弄莎拉。

莎拉虽然称特拉伊为狡猾的恶魔，并把自己的盘子推到萨克面前，但看得出她并不生气，相反的，他们之间无伤大雅的吵闹，使得气氛更加和谐融洽。

萨克落寞地看着他们，发现那里没有他插足的余地。

"无论如何，我们得去揭穿那个冒牌货的真面目。嗯，我把这个光荣的任务交给你了，亲爱的特拉伊先生。"莎拉故意尊贵地掩着嘴笑，一手指向特拉伊。

"荣幸之至，我尊敬的殿下，不过这要等我有机会被挑选进宫殿才行。"

"见鬼，我恐怕你这辈子是没机会了。"

两人说着玩笑话的时候，萨克结识了邻座一位衣着华丽的女士。

与其说结识，不如说是这位大胆的妇人主动搭讪，在她为萨克俊美的身影和迷人的风度倾倒时，她已经情不自禁地伸出手挽起他的胳膊，把萨克吓了一大跳。

"我请、请求你的原谅，先生。"女士结结巴巴地道歉，两颊意外地出现只有少女才有的红晕。

萨克有分寸地保持距离，礼貌地原谅了她，但他的微笑却使得女士更加大胆，几乎把身体贴到他的手臂上。

为了表示她的歉意，女士热情地邀请萨克参加几天后在斐黛尔小姐的府邸举办的小型舞会，并且暗示"那是只有上流人士才有资格进入的地方"，当然，如果萨克作为她的舞伴出席的话，是没有什么大问题的。

"谢谢你的好意，提玛夫人……"萨克起初试图板起面孔回绝，但是一听到斐黛尔的名字，他在短暂的犹豫后改口道："能够为你效劳，我将十分荣幸。"

拖着宽大裙裾的妇人欢天喜地离开餐厅，急于把这个令人兴奋的消息告诉每一个闺房密友。

莎拉不明原委，似笑非笑地瞟萨克一眼，像在打量一个手段高明的花花公子。

这让萨克脸上挂不住了，忍不住辩道："别这样看着我，莎拉，我这么做都是为了你。"一个能近距离接触假冒巫女的好机会，他不会轻易放过。

莎拉却只顾着偷笑，对他的话不以为然。

莎拉再次见到萨克的时候，他已经换了套正式的礼服，安静地倚靠在酒店大厅的圆柱边，他一头乌黑的短发整齐服帖，雪白礼服简单得体，高竖的金边领口衬托出他瘦削光滑的下颚，精致的丝绒束带随意地搭在腰间，顺着细腿裤垂到脚踝，勾勒出挺拔俊俏的身材。

经过的女士频频向他投去仰慕的目光，并把手绢里的各种香花插在他上衣的扣眼里。

"萨克里菲斯！"

听见莎拉的声音，他立刻抬起头，显得很愉快。

"嘿！"莎拉怪里怪气地笑了一声，"看起来真不赖，如果我有两朵野菜花，我也会插在英俊的骑士身上。"

"别再取笑我了，你知道我是去干什么。"萨克扯下香花放在她手心里，苦笑着说道。

莎拉问道："我能为你做点什么吗？"

"你乖乖地待在这里，哪儿也别去，我就安心了。"

"说得我好像成天调皮捣蛋的小孩子，那好，我找特拉伊聊天，我们还可以一起在院子里抓虫。"

萨克听到特拉伊的名字，突然收敛起笑脸，欲言又止，"莎拉……"

他刚开口，浓妆艳抹的提玛夫人带着呛鼻的香粉味走进来，打断两人的谈话，萨克只能手按着心口鞠躬行礼。

提玛夫人别有用心地穿了件领口开得极低的湖蓝色薄纱裙，丰满的胸脯大半裸露在外，散发诱人的气息。

像其他女士一样，她走近萨克，插上两朵娇艳的兰花，然后极其骄傲地在众人注视下挽住萨克的手臂。

她临走时对莎拉鄙夷的一瞥使得莎拉有种强烈的恶作剧冲动，但是为了萨克伟大的计划，她还是忍住了。"噗噜噜噜！"她对着女人做作的背影吐舌头扮鬼脸，直到发泄完不满才停下。

宽敞舒适的房间一角，美丽的紫发少女对着镜子细心化妆，口中抱怨道："求求你，别在房间里徘徊了，你的脚步声听得我心烦。"

"你那简单的头脑永远也不会明白我的痛苦！"野兽怒气冲冲地低吼，露出银白雪亮的尖牙，"可怜的人，她的病情又恶化了，我在这里都能听见她绝望的呻吟。为什么？这真不公平，

第七章 真假巫女

105

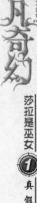

在她被病痛折磨的时候，那个受诅咒的女人却平安无事，甚至享受生活。噢！我真想把她的脑袋连同罪恶一起拧下来！"

"我相信你完全做得到。"紫发少女专心地往脖子上扑粉，心里盘算着今晚要戴的项链是选紫晶珍珠还是绿色宝石，对贝塔的话很不以为然，"不过你一个劲儿地埋怨又有什么用呢？那位高贵的睡美人早已经有了心上人，她根本不会把你放在眼里。"

贝塔闷哼一声，却无法反驳，于是转而恶狠狠地向她攻击：

"你还在这里磨蹭什么？看你把自己抹得像个剥了皮的石榴，有时间不如多找些年轻女人，我希望你别忘了自己的职责！"

"哟！你这是在对谁说话？"紫发少女挑眉站起，嘴唇红得像是一朵怒放的鲜花。

"怎么，真以为自己是高高在上的巫女？"贝塔冷笑道：

"你每天仔细涂抹的这张伪善面孔，也不过是陈旧破败的人皮罢了，莫非长久的糜烂堕落生活使你可悲地把现实与虚幻混淆了？如果真是这样的话，那我不得不好意提醒你，我们的陛下可不是瞎子。"

少女立刻涨红了俏脸，怒不可遏地尖叫：
"我、我不需要你的提醒！你只管做好自己的事就行了。"

"但愿如此。"野兽拾起地上躺着的另一张人皮，不耐烦地钻进去，站起身时已经成了一个四肢健壮的年轻男子。

贝塔看了少女一眼，走到窗前，一只脚斜斜跨出去，带着沮丧的神情说："抱歉，其实我没资格说你，我自己也是一个可悲的、无药可救的傻瓜。"

说完，他随即纵身一跃，立即消失在浩瀚的夜空中。

由于贝塔临走时那番尖刻的攻击，紫发少女斐黛尔心情不佳地拼命摇着扇子以发泄郁闷之气，两条漂亮的紫色眉毛纠结在一起，失去了往日的从容。

如果只是一句无聊的玩笑，她根本不会在意，但要命的是他说的偏偏是事实，斐黛尔心怀恐惧地发现——不知何时开始，她已经不可自拔地陷入了一种被人吹捧的虚荣感中，她频繁地举行舞会，不知疲倦地精心打扮自己，她满足于成为人们视线的焦点，喜爱女士们带着嫉妒的表情

夸赞她的美貌，也渴望风度翩翩的绅士争先恐后请她跳舞。

这是多么可怕的想法！斐黛尔心跳加快，忧心忡忡地用手绢擦拭额头的汗珠，连平时她最中意的麦科先生来到身边都不能让她高兴起来。

幸好，麦科先生递给她的冰橙酒使她逐渐冷静，她对他点头致意，对方也同样回以温和的微笑。

斐黛尔痛苦地想，这一切她是多么舍不得啊！如果可能，她真希望这样美好的时光能一直持续下去，即使只是一场梦也好。可是贝塔的警告使她越来越惶恐，她悲哀地预见到，自己的快乐即将到头了。

就在这样的想法中，斐黛尔遇见了改变她命运的男人……

第8章

落入魔爪

"没什么大不了的。"他故作轻松地说:"也许是我看走了眼。啊,莎拉,我的焦虑传染给你了,你看你,脸色那么坏……"他做了个安慰她的动作,话还没说完,莎拉的匕首突然掉落在地,凄厉的尖叫声像是受惊的鸟直冲上天:"后、后面……快闪开!"然而她的警告太晚了,巨大的钝器砸落在特拉伊头顶,他一声不吭,直挺挺地倒了下去。特拉伊倒地的瞬间,身后出现一张怪异丑陋的脸孔,莎拉惊恐地瞪大眼睛。男人咧开嘴,眉毛高高扬起,奸邪一笑,"小姐,你的恐惧使我很愉快。"

第八章　落入魔爪

自从那个男人走进舞会大厅，斐黛尔的视线就没从他身上移开半秒，她看着他优雅地摘下披风交给厅门旁的侍从，微微领首，然后等待身边的女士整理好衣裙，再次挽住他臂弯。他的步伐自信又不失谦逊，表现出良好的教养，他对每一个大惊小怪的女士报以亲切而含蓄的微笑，似乎竭尽所能地散发致命的吸引力，这使得他瞬间成为这场舞会的焦点。

"难以置信，多么完美的男人！"贵妇们双手拍脸，情不自禁地发出这样的感慨。多年来，没有了年轻姑娘来争宠，这些中年贵妇一跃成为男士们的新宠，她们也自然而然习惯了玩些少女调情的小游戏，甚至肆无忌惮地在公众场合打情骂俏、争抢舞伴。而今晚，年轻骑士显然是个理想的猎物，激起众人的兴致。

当太多含有深意的眼光投射在舞伴身上时，一半出于紧张一半出于得意，提玛夫人激动地颤抖起来，她使劲抓住萨克的手，以支撑自己虚软的双腿。

萨克的目光却在五彩斑斓的舞裙中游移，搜寻着某个人的身影，然后，他找到了。

斐黛尔坐在水晶宝座上，不可否认的，她很漂亮，漂亮得无可挑剔，像是朵精致的玫瑰，毫无保留地展现娇艳动人的风采。然而无论她的眼睛有多么迷人，她的嘴唇有多么鲜艳，萨克都没有注意到，他在意的是，她有一张和莎拉一模一样的脸。

按照礼节，萨克陪提玛夫人跳了第一支舞。在音乐停止的时候，他走到斐黛尔面前，有一瞬间，他失神地凝视着那张脸，脸上闪过短暂的迷惑，但很快又恢复正常，带着惯有的微笑低头致意："殿下，可以请你跳支舞吗？"

两人在舞池里优雅地旋转时，所有人都停下脚步，悄悄退到后面。与其说这是对巫女的尊重，不如说是有意避开萨克耀眼的光辉，惟恐相形失色。

提玛夫人气得直咬牙，险些撞翻椅子。

"看，我们的巫女殿下为他着迷了。"人群中议论纷纷，有嬉笑起哄的，也有心怀嫉妒的。

在萨克的怀里，斐黛尔自始至终红着脸，羞

第八章 落入魔爪

111

怯地望着他，眼中的柔情多得满溢出来，尽管只是转瞬之间，她觉得自己已经为他神魂颠倒了。她坚信今晚在这里与他相遇是命运的安排，在她迷惘挣扎的时候，给了她一线希望。

他的手指纤细苍白，看起来像个过着安逸富足生活的贵族，他的装束和谈吐又使人联想到他不凡的经历。她心里想，如果是跟着这个男人的话，她愿意抛弃原先固执而悲哀的想法，抛弃身份地位和一切，甚至现在就可以跟他走。

啊！她的内心竟然由于急切的渴望，如火烧般疼痛起来。

萨克带着轻松的口吻诉说着自己冒险的故事，从下着红雨的黑妖精谷，到热情好客的蛇精地穴，再到海底的妖精城堡，斐黛尔始终专注地倾听着，恨不得自己从一出生就认识他。

他停下时，斐黛尔用渴望的眼神注视他，"再说一些有关你的事情吧，我仔细听着呢，萨克里菲斯先生。"

萨克抿了一口透明的烈酒，等呛人的酒气过去之后，开口说："我更愿意听你谈谈你自己，殿下，我对于你很感兴趣。"

斐黛尔按住上下起伏的胸口，开心地问："真、真的？"

"是真的。"萨克紧盯着她的眼睛，不放过一丝一毫的反应，"我对于巫女很感兴趣，尤其，是一位先天属性为'红'的巫女。"

"天！你在说什么？"

斐黛尔惊恐地低叫出声，快乐的情绪瞬间消失，由萨克的眼睛流露出的审视眼光，令她羞愧得想从窗口纵身跳出去。"我……不，并不是你猜想的那样……我是紫色的，你看，我的头发、我的眉毛、我的眼睛……噢！请你收回刚才的话，你让我感到害怕！"

尖叫声后，斐黛尔发现由于声音过大，整个大厅的人统统向她这个方向望过来，她焦急慌乱，几乎涌出眼泪，晶亮的眼眸一眨一眨地向萨克求助。

这种楚楚可怜的神态魅惑了他，萨克犹豫了一会儿，默默将她带进舞池的中央："跳起来吧，殿下，我为刚才的胡言乱语道歉。"

然而他的心里却更肯定了，他刚才只是适当地给点暗示，这位所谓的巫女殿下便有如此大的反应，这当中必定有什么阴谋，不过他还有时间，探听消息并不需要急于此刻。

与此同时，酒店的庭院里，深绿色的矮灌木

丛中，特拉伊独自坐在凉石板上，脚边躺着三两个酒瓶。

莎拉悄无声息地走近，在他身旁坐下。"一到夜晚，你就像变了个人似的。"

"是吗？"特拉伊把酒放下，借着夜色隐去表情。

莎拉点点头，摸出几颗风铃种子，揉碎了撒在树枝上，种子的粉末折射出浅绿色的微光，风吹过，便发出"叮叮当当"的悦耳铃声。

"你变得忧郁极了，还总是喝酒。"莎拉说。她一边说话，一边在地上随意涂鸦。

特拉伊耸耸肩，不置可否，"也许吧。"他用脚尖抹去莎拉写下的他的名字，灌了一大口酒，轻声咳嗽起来。

"十六岁，我曾经在玄诺尔最大的农场住过一整年……"

他主动提到自身的话题还是头一次，莎拉疑惑地望着他，不明白他想说什么。

"说是修炼，其实我的工作非常普通。挤牛奶、剪羊毛、装马蹄、搬运杂物、清理简陋的浴室……我做一切我能做的事，我很勤快，但做得很糟糕。挤奶的时候，我总是忘记区分红色牛奶和白色牛奶，把它们混成黄褐色；羊毛也剪不好，往往割伤羊的翅膀；装马蹄的经历简直像噩梦，你知道，纯种的嘟嘟马体型高大，不生翅膀，必须装上金属蹄，我给它的蹄刮除角质，不留神被它踹到了眼睛；在萨克赶到前，我不得不借着麻痹术减轻疼痛，即使那样，我仍然疼得厉害，那邪恶的小东西对我可真够狠的。"

莎拉看着他的眼睛，"所以你坚持不骑乘坐骑对吗？它们给你留下不好的印象。"

"没错。后来，我开始逃避，我不明白老师安排这种修炼的意义，也不想明白，于是我悄悄应征附近城镇的除魔师工作，那才是我得心应手的差事，我做得很不错，尽管不如萨克，却也小有声誉。不久有笔买卖找上了我，联络我的男人自称是吸血鬼猎人，他给了我一大笔赏金和一张名单。"

寂静的夜里，特拉伊仿佛长叹了一声，陷入无尽的回忆当中。"那天晚上，我见到了她，我一辈子也忘不了……"

他的声音，伴着酒店内传出的低音提琴的凄凉旋律，听来令人心酸。

不知过了多久，他抬起脸，莎拉大惊失色，"特拉伊……你哭了？"

"不，没有。"特拉伊用颤抖的嘴唇凑近酒

瓶口，仰起头灌了一大口。"我不知道……"他垂下肩膀，用手遮着眼睛，"恐怕，我将永远失去她了。"

面对这样的特拉伊，莎拉感到手足无措、一筹莫展。她挺直了腰肢，拘谨地绷紧每一根神经，连呼吸也小心起来。

天！莎拉，你在干什么？莎拉心里谴责自己的轻浮无耻，双臂却不听使唤地展开，抱住特拉伊宽厚的肩膀。"呃，亲爱的！"黑夜里，她不知道自己的脸有多红，但她相信绝对可以与中午吃的姜饼媲美。她轻轻唤着他的名字，以自己都不熟悉的柔和声音说："特拉伊，别难过，你还有我呀！"

这话一说出，莎拉立刻后悔。真是太丢人了！她羞得把脸埋进怀里，恨不得咬下自己的舌头。有一刻，她几乎以为听见了特拉伊嘲弄的笑声，她羞窘地咬着嘴唇，背上都渗出了热汗，这种假想的难堪占据了她所有的意识，她感到沮丧极了。

没想到，特拉伊却抚摸她的头发，眼神变得更加忧郁。

"莎拉，如果有一天，我伤害了你，请别恨我，那不是我的本意。"

莎拉张开嘴想说什么，却被一个奇特的口哨声阻止。

特拉伊突然站了起来，同时张开披风把她藏在身后，他从颓废中振作，恢复成一个稳重而警惕的战士，眯起双眼盯视前方，一手悄悄后移，随时准备拔出他的武器。

"别藏了，那对我没用。"冷冷的男人声音从灌木后传来。

朦胧中只见两道精光仿佛穿透了特拉伊的身体，射向自己，莎拉本能地缩了缩脖子，开始上下摸索匕首，她那把可怜的小匕首，已经从腰间顺着裤子滑到袜子里去了。

就在莎拉笨拙地松开绑腿的缎带，把手伸进皱巴巴的毛线袜子里时，特拉伊已迈开脚步向陌生男人走去。

那个男人个子不高，手臂粗壮，脸上的表情半是痛苦半是轻蔑。他低声道："我说，我们伪善的特拉伊阁下，不觉得一个人演戏太辛苦了吗？你忠实的兽族撒满贝塔在此，十分愿意为你效劳……"

"回去！"

几乎是咬牙挤出这个字眼，特拉伊打断他的话后飞快地瞥一眼莎拉，然后箝制住男人的大

手，嘴角带着警告的怒意。

"让我回去？哼！好哇。"贝塔恼火了，他鼻翼翕张，脸色狰狞起来，"难道你忘了你在那位至高无上的人面前郑重发下的誓言吗？难道你忘了那位高贵的殿下还在痛苦和绝望中挣扎、等待着？噢！可怜的殿下，她快撑不住了，我就是来向你说明这个消息的，可是你，无情的人，我为你感到羞耻！"

听到他的话，特拉伊仿佛遭受了莫大的打击，哀叹一声，晃了晃身子，低垂下头，嘴里喃喃说着他自己也不明白的语句。

贝塔压低嗓子，变本加厉地指责："三天前本该是个好机会，妖蝶村由于常年结界信道紊乱，普通生物不会靠近，有常识的人类也会主动避开，时机太有利了，对于你这样法力高强的战士来说，选择一个通往城堡的结界通道是轻而易举的事，不是吗？而拥有一部分主人力量的你，也能够随心所欲操纵妖蝶，更何况还有那个嘎帝安的小子给你作证，你大可以安心地执行你万无一失的计划，然后把责任推得一干二净。告诉我，我说错什么了吗？"

"没有。"

"哈！那你是承认了？你根本没有尽全力，

你该死地被那个受诅咒的邪恶女人给迷住了！"

"闭嘴，贝塔，你给我闭上嘴。"

特拉伊犹豫了，被自己的感情击败了，他询问贝塔能不能把事情延后几天，好让他做出更好的部署，贝塔却断然拒绝。

特拉伊终于咬紧牙关说："也许你是对的，我不该再有留恋……"

当然，所有这些如同耳语般极其轻声的对话，完全没有进入莎拉的耳朵。等她重新系上袜带拿起匕首的时候，特拉伊刚好从阴影当中走出来，神色古怪。

"没什么大不了的。"他故作轻松地说："也许是我看走了眼。啊，莎拉，我的焦虑传染给你了，你看你，脸色那么坏……"

他边说边做了个安慰她的动作，话还没说完，莎拉的匕首突然掉落在地，凄厉的尖叫声像是受惊的鸟直冲上天：

"后、后面……快闪开！"

然而她的警告太晚了，巨大的钝器砸落在特拉伊头顶，他一声不吭，直挺挺地倒了下去。

特拉伊倒地的瞬间，身后出现一张怪异丑陋的脸孔，莎拉惊恐地瞪大眼睛。

男人咧开嘴，眉毛高高扬起，奸邪一笑，

"小姐，你的恐惧使我很愉快。"

萨克里菲斯先生的提早离场伤透了太太们的心，尽管他略带疲倦地保证下一次一定令大家满意尽兴，女士们仍然不依地在他身边转，想尽一切方法缠住他。

"后天此时，请务必再度光临。"女主人斐黛尔说道，声音透着无比依恋。

萨克回头看了眼斐黛尔，她此刻就像个易碎的搪瓷娃娃，华美而脆弱，仿佛随时都会倒下去，显然是由于刚才他一番无情的话所导致。他轻轻地说："好的，这是我的荣幸。"然后大步离开。

萨克直接飞回下榻的酒店，只为了快些见到那位声称要在院子里抓虫的淘气鬼，不知何故，他突然变得急切起来，心情愉悦得如同从烂水草堆中挣脱，奔向一朵清新的水莲花。

他走到院子门口的树下，突然停下脚步，低头嗅嗅自己。这令人作呕的香粉味！萨克失笑，迅速把礼服脱下。那个可爱的姑娘若是闻到了会怎么说呢？她一定双手叉腰，故作凶恶地道："萨克，你不像话！"

想到莎拉生动的表情，他就忍不住笑起来。

院子里没有莎拉的踪影，只有隐隐约约传来的微弱风铃声，引领萨克来到闪着淡绿色微光的那个地方。他看见特拉伊的名字，虽然被抹去了一半，前两个字母仍十分明显，周围还有一些凌乱的涂鸦，不用说一定是莎拉的杰作。

他突然蹲下身，神情严肃地捡起某样亮晃晃的东西，目光倏然锐利。如果没有记错的话，那是特拉伊的匕首。

"他全都知道了，噢！这个可怕的男人，这个绝情的男人，我该怎么办？"斐黛尔一头栽倒在卧室的床上，眼泪淌到浅紫色印花枕头上。

他那双慑人心魄的眼眸一直看进她的心里，她的秘密根本无处藏匿，为什么他能够用那么温柔的表情说出如此残忍的话？他说了什么来着？

"斐黛尔小姐，如果你不是人类，那你是什么呢？"

被完完全全地看穿，令人难受极了！

最要命的是，她爱上了他，是一见钟情，她悲哀地想，即使现在向他坦白一切也于事无补了，从他的表情可以得知，他已经把她当作卑鄙可耻的骗子。

可她有什么办法呢？她身不由己呀。

正当斐黛尔哀悼她那即将夭折的爱情时，忽然听见轻扣玻璃窗的声音，那种持续且有节奏的敲打声，使得她更加心烦意乱，她恼怒地低吼一声，看也不看，顺手向窗户丢出一个沾满泪水的枕头。

敲打立刻停止，随之而来的是一连串玻璃碎裂的声响。

"见鬼！是哪个疯子如此无礼？"斐黛尔从床上跳起来，两腮由于愤怒而变得嫣红。在看清来人的面孔时，她顿时语塞，像是吞了只臭虫般说不出话来。

那是萨克，他拧着眉头，满脸担忧。"请原谅我，我不得不这么做。"

"萨克里菲斯先生！"若不是透明的薄纱窗帘紧贴着他，勾勒出他的轮廓，斐黛尔几乎要以为这是她的错觉。噢！她太爱这个人了，即使是在这种情况下见面，她依然快乐得想歌唱。

萨克不再亲切温柔，他收起笑脸，僵直着身子立在窗前，不等斐黛尔说话，他冷漠地问："告诉我，她在哪里？"

"谁？"

"真正的巫女殿下，你们究竟把她带到哪儿去了？"

这可不是好兆头，斐黛尔苍白着脸，支吾道："你是什么意思？我不明白。"

看着她的模样，本打算迂回周旋的萨克无奈地叹了口气。无论什么情况，他总不擅长逼问或者威胁，尤其对方还是一位女性——在未明白她的真身为何之前，暂且当作女人吧。可现在没有办法，莎拉不见了，特拉伊也不见了，他惟一能想到的方法就是上这儿寻求答案。"说出来好吗？"萨克放软口气，"我不想为难你，也不愿在这里浪费时间……"

斐黛尔鼓足了勇气上前，踮起脚尖搂住他的脖子亲吻他，把身体尽可能贴在他的胸口。她默默落泪，用最深情的话语表达她的情感："带我走，先生，我愿意跟随你，无论是天涯海角，我都不离开你。"

然而她立刻发觉了她的处境是多么的危险，她的皮肤突然滚烫灼热，整个身体仿佛被火点燃了似的疼痛。"不！别这样对我！我的脸、我的身体……噢，求求你……"美丽娇嫩的外表开始剥落，像是凋零的玫瑰花瓣一片一片枯萎了，混合着血液和眼泪，连同希望，一并离开了那个颤抖的灵魂。

这是萨克始料未及的，他吃惊地看着这团血

第八章 落入魔爪

肉模糊的东西了无生气地蜷缩在地毯上，难以置信她之前竟是个美丽动人的少女。"告诉我，小姐，你究竟在这张皮里藏了多少年？"萨克万分懊悔地俯下身，动手替她治疗。

显然她待在皮囊里的时间太久，皮肤早已牢固地黏在她原先的身体上。如果早知道会给她造成这么大的伤害，萨克绝不会硬生生将她的皮肤剥下，让她体会如此巨大的痛苦。

"太久太久了……"斐黛尔虚弱地颤抖着，硕大的眼睛滴出血。她的预感果然没有错，一切都结束了，就葬送在这个男人手里，可是她却没有悲哀，反而不可思议的有种解脱的释然。她吐出长长一口气，对自己说："的确太久了啊。"

萨克看着逐渐在双手的治疗光晕下恢复的肉体，不由得发出惊叹："原来……这怎么可能呢？你居然是一头独角兽！"

第9章

被缚之魂

　　从少女的口中忽然迸出一声令人毛骨悚然的呻吟，特拉伊像是被针扎到般跳起来，脸色立刻变得十分难看。他没有阻止心上人的行动——她瞪圆了充满血丝的眼睛，嘴巴张得足以吞下一头狮子，倏地向莎拉扑过去，在莎拉反应过来之前，已凶狠地掐住她的脖子，一口咬住喉咙。

第九章　被缚之魂

多年以后，当莎拉再回想起来，一定会为自己此刻的想法感到可笑，但现在，她可没有多余的脑子保持理智。听见钟声的时候，她迷迷糊糊地想：

好啦！我现在已经是个死人了，这钟声一定是为我送葬的哀乐，听哪，一声比一声悲愁是不是？啊，我还听见了老太太的哭声，她总算念在我带给她一堆金币的份上，为我掉眼泪了。她还会抱着我冰凉的尸体对别人说，这个可怜的小鬼从一出生就没有安分过，现在终于安息了……不过，我究竟是怎么死的呀？

她睁开眼睛，模模糊糊中，所有东西的轮廓都是重叠的，头顶的时钟正指向六点，一个高大、长着胡子的地穴部落女人——或者是某种野蛮种族的变种，她搞不清楚——正在她面前缝衣服，嘴里"咿咿呀呀"不知道唱些什么。

这不是老院长，而人类女人是不会长胡子

的，那她一定就是大家所谓的天使了，不过这天使的长相也真够抱歉的。

"哇哩哇哩！"

那女人尖叫，伸出瘦得像鸟爪的手，一把拖起莎拉。

从昏迷中清醒，莎拉一开始很慌张，吓得脸色苍白，但随即发现自己手脚自由，她又稍微松了口气，脑筋飞快转动起来。突然像想到什么似的，她大喊：

"特拉伊！特拉伊你到底在哪里？你们把他怎么了？"

一桶冰凉的水忽然劈头灌下来，莎拉立刻打着喷嚏，双手环抱住身子。

一旁的女人露出恫吓的凶狠眼神，粗鲁地脱下莎拉破旧的衣衫，给她裹上素白的紧身束衣。

可怜的莎拉从没吃过这时髦玩意儿的苦头，被那些束绳折磨得只敢吸气不敢吐气，偏偏那女人毫不留情地往死里勒，莎拉觉得自己的腰几乎被勒成小木棍了，疼得她哭叫起来："啊，别勒了，又不是猪肠子！"

女人的手总算停了。

接下来的打扮要容易得多，虽然不明所以，莎拉还是不动声色地看着女人替她化妆，拨弄她

的小卷发，给她的脖子和胸口扑上香粉，然后把她裹进一件鲜红的丝绸长裙里。

其间，莎拉几次提问，女人不是哇哩哇哩地回答，就是压根儿不开口。看来是套不出什么消息了，莎拉耸耸肩，把注意力放到脚跟那堆旧衣服上。

女人还在专心地用镶了花边的蕾丝和漂亮的丝带点缀莎拉洁白光滑的双肩。趁她回身挑选缎带的当儿，莎拉用脚趾飞快地夹起一个拇指大小的细瓶子，藏在手心。

"哎哟、哎哟！"

莎拉适时地弯下腰大声呻吟，脸皱成一团，一只眼睛却半睁着观察女人的动向。

女人探过头，将信将疑地问：

"哇哩哇哩？"

莎拉也有样学样，满脸痛苦地指着自己的肚子点点头。

"哇哩哇哩！"

那胡子女人果然没什么智商，把脸又向莎拉凑近了几分。

就是这个时候！莎拉心里怦怦直跳，她抡起胳膊就把瓶子里的催泪药粉一古脑儿朝对方泼了过去。

"啊！啊！"

女人立刻瘙痒难耐，忍不住咳嗽打喷嚏，眼泪也流了下来。

计谋得逞的莎拉快活得拍手大笑，"好啊！看你还能不能哇哩哇哩叫？"

由于眼睛看不见，这位被激怒的女人便狂暴地满屋子乱跑，撞上什么就砸什么，吓得莎拉也顾不得在一旁看好戏，提起裙子就夺门而逃。

从房间退出来，在走廊里接连奔了好几十步，莎拉才停下来，靠着砖墙气喘吁吁。都是这恼人的破胸衣，害她难过成这样！莎拉狠狠地撕扯着裙子，却不得要领，胸衣像条强壮的蟒蛇般缠得更紧了。

莎拉却顾不了那么多，药粉作用虽然大，时效却很短，万一那个哇哩哇哩女人再追出来，她多半活不成，于是她又在陌生的长廊上拔足狂奔起来。

特拉伊现在不知道怎么样了？

想到他倒下去的模样，莎拉就惊恐不已，比自己受到袭击还要害怕。

她一向明白特拉伊在自己心里的分量——尽管大多时候她不肯承认。现在这个时候，她第一

个反应就是要找到他，和他待在一起。

此时天刚蒙蒙亮，只有几丝微弱的光线透过宽敞的窗户洒在地毯上。

莎拉一边跑，一边谨慎地打量她身处的环境，这是一座年代并不久远的新城堡，并且非常豪华，这点单凭走廊上厚实精致的红地毯和无数崭新的枝形挂灯就可以确定。墙漆成了柔和的黄棕色，略带灰绿；每条走廊的尽头都有擦得一尘不染的镜子和黄铜把手的宽敞扶梯；扶梯边的装饰画用价格不菲的榴木裱了框，画中是不同的人物肖像，但清一色都是女人——美丽而带有甜蜜微笑的女人。

莎拉在一处虚掩的门边停了下来，门缝中飘出来的香味使得饥肠辘辘的她吞了吞口水，两腿像生了根似的，再也挪不开。她听见里头仆人们的对话：

"罗切尔，把托盘给我递过来，最大的那个。斯达，去看看烤炉，我敢打赌你把小圆饼烤过头了！"

显然那个斯达马上听从了建议，一股销魂的香味传出来，不断诱惑着莎拉。于是，在她的脑袋拿定主意之前，脚已经不由自主地跨了进去。

谁也没有发现莎拉，或者即使注意到了也没

工夫理她，莎拉便老大不客气地抓起甜糕和烙饼兜在怀里。这多半归功于她一身体面的衣裳，若换作一小时前的莎拉，他们八成会轻蔑地挑起眉头，问她是哪里来的野姑娘，人都是这样的。

莎拉得意地吃着烤成金黄色的烙饼，一边把油腻腻的手掌往墙上抹，或许是太过得意了，她没有留意到身后有一条虎视眈眈的影子。

那是一只体型中等的黑豹，野兽中的佼佼者，当它钻进人皮里的时候，城堡里的人通常叫它贝塔。在成为主人的得力部下之前，它曾是某个兽族部落的首领，同时，作为一名信奉暗黑豹神的撒满巫医，它掌握许多不为外人所知的古老魔法，虽然大部分没有实际用途，但拥有的神秘能力仍然使人对它忌惮三分。

"我该佩服你的勇气呢，还是嘲笑你的愚昧？我们尊敬的巫女小姐。"

"谁？"

莎拉跳了起来，烙饼散落一地，回身看见贝塔，她的脸上现出迷惑，但很快就恍然大悟，"就是你！我记得你的声音。"

"当然。"

莎拉退后两步，厉声喝问：

"你把特拉伊怎么了？他在哪里？快回答

我，你这个卑鄙的偷袭者！"

贝塔淡然地瞥了她两眼，从鼻子里十分鄙夷地哼了一声。

无论这是针对她还是特拉伊，都教莎拉大为光火，她忍不住想冲上去，用她的小拳头给点颜色瞧瞧。

"省省力气吧！事实上，你的拳头上除了油腻什么也没有。"贝塔冷笑两声，转身把屁股对着她。

莎拉气得浑身发抖，却又无可奈何，只有不断嚷着，试图在口舌上占便宜。

"听着，如果你想见特拉伊就跟我来，废话少说！"

贝塔打断她的吵嚷，非常不耐烦。

"你说真的？不会是欺骗我的吧？"莎拉问。

"当然不会，我还会让你看见……最精彩的一幕！"

贝塔笑得露出尖利的牙齿。

他们来到了一个幽静而朴实的庭院，在栅栏边停了下来。

不远处，一个美丽的身影背对着他们，卧在

雪白的大理石长椅上，微微仰头用虚弱的声音唱着"很久很久以前"这首歌。

她有一头亚麻色的长发和漂亮的肩项弧线，她的声音低哑却柔美，十分动人心弦。唱到一半，她突然接不上气，停在半空中的手颓然落下，落在一个坚实的怀抱里。

怀抱的主人将那苍白而优雅的手贴上嘴唇，第一万次亲吻她、爱抚她，他温柔地问："为什么你的眼睛那么忧伤？为什么我的到来不能使你恢复笑容？"

背对他们的少女缓缓转过头，睫毛凝上泪珠，琥珀色的眼睛涣散无神；

"因为你爱上了别人，亲爱的，你的胸膛不再属于我，你的心告诉我，你挂念着另一个人，这个人偏偏还是我的敌人！"

"是谁对你说这种谎言？难道我在你的心目中是这样的人吗？"

他焦急地搂住她的肩膀，迫使她看着自己的眼睛，"噢！不，你错怪我了，我从来没有爱上除你之外的人，我发誓！我像珍惜自己的名誉一样珍惜你。你必须相信，在你高尚而慷慨地把那受伤的心托付给了我之后，我便只有一个念头，拯救你，带你离开这里。"

第九章 被缚之魂

133

"可是，你拯救不了我。"

"不！或许昨天我还会为你这句话内疚万分，但此刻不同了，你会看得到的，很快！"

"这么说，你做到了？然而就算你履行了你的诺言，你却心中有愧。"

"你是对的，亲爱的，我惭愧，但是我不后悔，为了你，我什么都可以做。"

他深情地俯下身，亲吻她的脸颊和嘴唇，长长的银色发丝覆盖住两人的身体。

莎拉的心霎时破碎了。

该怎么形容呢？她低头思忖。

起初，她以为这是一出舞台剧，没错，出色的演员、完美的布景、可笑的台词，她几乎要哈哈大笑了，仿佛世上再也没有比这一幕更滑稽荒诞的事。

然而她的嘴角像有千斤重，怎么也翘不上来，只因为其中一个演员是她的朋友，她还记得他叫特拉伊，直到昨天夜里，他仍然和她在一起，对她诉说心事，抚摸着她的头微笑。这真是难以置信啊，现在他却像是在说着另一个世界的语言，她被搞糊涂了，不过她也真傻，关于特拉伊，她了解的原本就不多，所以她应该明白，他若是有个情人，一点也不奇怪！

莎拉感觉自己不应该再张大嘴巴、脸色发黑地傻站着，无论如何，她总该做点什么，于是她连忙举起手臂，用尽所有的力气左右挥动，并努力使自己的笑脸看起来没有一丝破绽。

"啊！特拉伊，我找到你了，看到你平安无事我真是高兴。"

她想，若是再来一个若无其事的拥抱，就更完美了。

被惊扰的两人蓦地转过头，眼神复杂地望着这位笑容僵硬的不速之客。

莎拉鼓足勇气正视特拉伊，盼望从他的眼神中读出些什么。

然而在她有机会与他四目交接之前，他便先低下头，抿紧嘴唇，一动也不动。

四周顿时安静下来，四人之间的微妙关系使得这一瞬仿佛万物静止。贝塔望着少女，少女望着莎拉，莎拉望着特拉伊，而特拉伊本人却专心地端详起自己的脚尖。

十二月的霜冻提早降临，将空气凝结成冰，几秒钟之前庭院的郁郁葱葱此刻已成了铅灰色的荒芜，犹如冬日里光秃秃的松林。

从少女的口中忽然迸出一声令人毛骨悚然的呻吟，特拉伊像是被针扎到般跳起来，脸色立刻

变得十分难看。他没有阻止心上人的行动——她瞪圆了充满血丝的眼睛，嘴巴张得足以吞下一头狮子，倏地向莎拉扑过去，在莎拉反应过来之前，已凶狠地掐住她的脖子，一口咬住喉咙。

她骨瘦如柴，身形却比莎拉大上一圈，嗜血的天性更使她产生无穷的力量，把弱小的猎物制服得死死的。

美味的鲜血立刻从她洁白的齿间淌下，和莎拉红色的礼服混合，红得刺眼。

"再忍耐一下，艾娜，亲爱的……"

特拉伊走上来，抱住失去理智的艾娜公主，为了说服她放下猎物，他把她紧紧地搂在怀里，眼里充满怜悯。

艾娜公主发出满足的呻吟，意犹未尽地舔着唇齿，仿佛她刚才喝下的是香浓可口的奶油鼹鼠炖鸡汤。

而那只可怜的鼹鼠从锋利的牙齿下死里逃生，抽搐着掉进复仇女神的喷泉里，把水池染成了玫瑰色。

舞台剧落幕了。

是的，一切又恢复了平静，就像回到了一分钟之前，惟一的区别是，莎拉的脖子上多了个可怕的窟窿。

特拉伊吩咐贝塔把她带走，如同事先安排好的那样。

莎拉像一个破败的娃娃，被野兽叼着拖走，血泪泪地从伤口冒出来，在地上留下一条不均匀的血痕，从庭院一直延伸到主楼最大的仪式厅。

初秋的天气虽仍旧炎热逼人，仪式厅的祭坛上却燃起熊熊大火，美妙而诡异地在巨大的神像上投下颤抖的火影。

早已有成千上万人在此俯首等候着，其中有人类、兽人、妖精、身材高大的野蛮种族，当然也包括满口哇哩哇哩的胡子女人。他们个个神情肃穆，口中念念有词。

贝塔拖着莎拉走进来的那一刻，他们全都抬起头，用不同的语言兴奋地欢呼着，高声尖叫着，胡子女人尤其激动，痛快地挥舞两只硕大的拳头。

贝塔钻进人皮，把莎拉抱在胸前，向所有人大喝一声。

"安静！"

那些人便训练有素地停止喧哗，一下子跪倒在地。

"感谢我们伟大的主人！"贝塔恭敬地说

137

道，其余人也跟着高喊相同的话。接着贝塔把莎拉平放在光滑冰凉的祭台上，用坚固的蔓草藤绑住她的四肢，然后带着某种得意的神态说："多么精彩的一幕，不是吗？"

莎拉轻声回答："是的，托你的福，我看得很清楚……"

她真疼，疼得像死了一百遍。不过幸好有这钻心的痛觉，让她终于又能思考了。

刚才，她只是被动地观察、本能地挣扎，看着出乎意料的事情一桩一桩发生，秘密一层一层被揭开。

眼下她的思维清晰了，最初的恐惧过去，她开始仔细地把这一连串事情连贯起来。

"阴谋！"

她咬紧牙，这两个字仿佛从喉咙间的血窟窿里迸了出来。

究竟从什么时候开始，她就被人玩弄于股掌呢？她不敢深究，害怕得出的结论令自己崩溃，尽管她潜意识里很清楚，从一开始她就是别人手中的玩具！

没错，她不是傻子，现在看来，她毫无疑问地被愚弄了。

她曾是个天真烂漫、热情洋溢的小姑娘，还

不满十七岁，如今却成了待宰的羔羊，被人无情地摆放在祭台上。这是为什么？这一切究竟是怎么造成的？

莎拉痛苦地呻吟一声，不情愿地把思考重点放到特拉伊身上。

噢！她是多么不愿意把他与"阴谋"这个词联系起来，更不愿用"背叛"这个字眼取代"阴谋"，他曾经在她的心里占据重要的位置，即使现在也是，可是他却带来了灾难。

她清楚地记得那一天，他笑着，表情夹杂着淡漠和亲切地说她是巫女，属性是紫色。

去他的巫女！

她为什么那么愚蠢，居然相信了那种鬼话？巫女、骑士、守护者，全都是彻头彻尾的欺骗！他们所有人精心安排了一出戏，然后张开了阴谋的大口袋，等她傻傻地跳下去。而她，被蒙在鼓里，心甘情愿地任人摆布而浑然不知，甚至还乐在其中。该死！

此时，特拉伊带着艾娜公主走进来。

莎拉倏然咧开嘴大笑，空洞的眼睛里却没有一丝笑意。她终于明白麦皮被投入油锅时的感觉了，那种充斥全身的愤怒，使她暂时忘记了喉咙的伤痛。

　　她望着特拉伊，声音清晰地道："亲爱的特拉伊，你的脸色真不好，那把可怕的锤子有没有把你砸痛？一定很痛吧，看你都被砸得神志不清了。别呆站着，来，帮我解开这要命的玩意儿。怎么了？你也像我一样中了骗子的圈套吗？还是……你原本就是一个骗子？"

　　特拉伊的脸变得扭曲起来。

　　莎拉却镇定极了，平静地望着他，微笑着说："特拉伊，我恨你。"

第10章

鲜血仪式

　　"哈……哈……"看见这一幕的莎拉不禁大笑起来。多么滑稽啊！想要得到鲜血的人反而付出了鲜血，人心邪恶，自食苦果，这便是报应啊！她真庆幸自己的血是有毒的，这比任何一句恶毒的谩骂要来得管用。"来啊，你们都来喝我的血，来吧，都来尝尝自己的良心！"特拉伊失去了理智，暴怒地跳起来，揪着莎拉的脖子恶狠狠地威胁："你究竟做了什么？快告诉我！我发誓我不会放过你的！"

第十章 鲜血仪式

独角兽斐黛尔转动那传说中最有灵性的眼睛，把耳朵竖得高高的，一等萨克治疗完毕，她便摇晃着脑袋站立起来，优雅地侧过美丽的身子，粉红的舌尖轻轻舔弄周身纯白细密的旋毛，然后昂起头，顶着短小的角，一动也不动地望着萨克。

"如果你要寻找巫女村失踪的姑娘，你大可以就此罢手，没有用的，她们早就死了。"既然已成了这副模样，她便直言不讳。

三年前开始，她假扮巫女，借甄选之名，在本村和邻村招揽成百上千名少女，送进北岛墨王的王宫。她们大多在十六岁上下，长相各异，下场却是相同的——被抽干了血，丢弃在王宫的地下冰窟，无一例外。至于为什么，她其实并不明白，只是按照某人的吩咐，把这事当作任务一样完成。

说到这里，萨克打断她，简短地说："请带

我去吧。"他拧着眉，脸上有不容置疑的坚决。

斐黛尔心想，拒绝这个人，她一点儿也做不到，于是她垂下睫毛，跺了跺蹄子，直截了当地说：

"那么请上来吧，我现在带你去，请抓紧我的脖子。"

独角兽载着萨克在风中穿梭，速度之快连飞行兽都望尘莫及，萨克惟一能做的只是开启保护屏障，以免空中的妖精来不及躲避，在他们身上撞出几个窟窿来。

斐黛尔带着一种得意的畅快说道："如果你很难受的话，我可以放慢速度。"她转过脑袋，和萨克的目光相遇。

他却回答："不，还可以再快一些。"相对于他的空间移动，这根本算不了什么。

斐黛尔吐了吐舌头，加快速度飞奔起来，同时在心里揣测萨克的身份。

如果她再大胆些，她便可以若无其事地向他询问，好几次她已经打定主意要开口了，但见他的目光飘忽不定，心思飘到远方，于是话到了嘴边又咽了回去。

为了使旅途的气氛轻松愉快些，斐黛尔先从自身展开话题，她说道：

"你知道吗？萨克里菲斯先生，我是最后一头独角兽了。"

"嗯，见到你的模样时我的确十分惊讶，我以为独角兽在很多年前已经从世上消失了。"

"大部分的世人都这么以为，他们把我们称作'皇后的水晶鞋'，意指高贵而脆弱，我想这是对的，我们的寿命很短。"

"你有多大了？"

"快五岁了，先生。"

萨克点点头，不再说话。

"那么你呢，先生？噢，对我说点什么吧，别这样沉默了，就像舞会上那样滔滔不绝行吗？你的声音我百听不厌呢。"

"我吗？"萨克心不在焉地回答："有二十六了吧。"

"是这样的吗？我以为有三十了，你看上去多么成熟……啊，我无意冒犯你，我是说，你的外表的确很不一样。"

斐黛尔羞红了脸，见他没有回答，她又尴尬地转变话题："我变成人类的时候，模样真的和她很像吗？你第一次看到我时，有一会儿很迷惑是吗？"

"确实。"萨克沉默了一会儿才道："不过

并不很像，你像的人是爱兰格斯殿下。"

她还想搜肠括肚说点什么，萨克突然把她的脸转正。

"望着前面。"他说，"你的飞行技术真是棒极了。"

原来，他们正向一堵用结界做成的墙壁高速撞过去。

听见萨克笑话她，斐黛尔涨红了脸，慌慌张张地掉转头，在空中晃了好几圈才稳下来。

"我、我很抱歉。"她围绕着结界继续飞行，却再也不敢回头凝视他了。

对于她这种显而易见的少女心思，萨克当然看得出来，他想了想，用手抚摸她头上的秃角，低声说道：

"据说独角兽天性忠诚，一旦把自己的角献给主人，便象征终生为其效命，永不易主，直到死去。"

"是……"斐黛尔的声音颤抖了，"你知道得真多，先生。你看出来了？我的角从一出生就被人夺走了，我不得不效忠于我的主人，但请你别问主人是谁，我无权告诉任何人。"

"那么，忘掉我吧，斐黛尔小姐。就像你的名字一样，你代表的是绝对的忠诚，所以我不可

能成为你的主人。”

“我的天哪！”斐黛尔叫了起来，“你又再一次捅了我一刀！你把我的心思摸得清清楚楚，就如同看穿我的先天属性一样，但却又如此无情，在拯救了我之后又把我推入痛苦的深渊。噢，难道没有人说过，你事实上是个狡猾并且残忍的人？”

萨克淡淡一笑，“没有，你是第一个。”说完这句话后，无论斐黛尔如何抱怨，他也不再开口了。

特拉伊把艾娜公主安顿在火炉边的一张软沙发上，不知是由于火光映照还是刚吸了血的缘故，她的面色异常红润，头高傲地昂起，浅红的小嘴紧抿，双眼睥睨祭台上身着红衣的莎拉。

多年来，她躺在病床上，始终渴求着这个祭品，如果不是需要经过神圣的仪式，她现在就想撕开她的身体，把她连骨头带肉吃个干干净净。她的心底有一个幽灵，那是仇恨之火，打她出生起，这把火就在她身体里熊熊燃烧着，她清楚地知道自己的需要，所以她绝不会弄错，眼前这个身形瘦小的红发女人，就是爱兰格斯。

艾娜公主又转而看向特拉伊，他已经第三次

把刀子掉在地上了，莎拉的话似乎对他有很大的影响力，他僵直着身子，咬着下唇，看起来比任何时候都要慌乱，正竭力控制自己的情绪。她顿时心生妒火，不耐烦地大声催促司仪，两个老人便指挥着众多信徒高声咏唱起来。

"愿上天保佑你……"特拉伊终于动了动唇，声音低得仿佛说给自己听。然后，他割开莎拉的手腕，黏稠的液体顿时有如泉涌，流进一个通体透明的琉璃壶中。

莎拉既没有大喊大叫，也没有昏厥过去，没有面红耳赤的争辩，没有孤注一掷的对抗，没有眼泪没有哭泣，这简直太让人不可思议！照她以往的脾气，非得大闹一场不可，然而此刻，她却选择闭上眼睛，忍受巨大的疼痛，安静得犹如一块石头。

魔法咏唱声中，她仿佛听到身体里有个尖细的声音在喊着：停止啊，停止啊，莫让仇恨蒙蔽双眼……然后，这股声音渐渐淡去，变成热能流进了她的血管，浑身的血像烧着了般滚烫。

一壶接满了，特拉伊又换了第二个壶，把第一个捧到艾娜公主的面前。

艾娜公主迫不及待地凑上嘴唇，咕嘟咕嘟几口喝下去。

"阿布里美拉斯里，撒亚！"她丢下琉璃壶，双手向天，高声咏唱赞美，脸上的快活溢于言表。

所有人都欢呼起来，就连特拉伊也露出欣慰的表情，他原本担忧鲜血解决不了问题，还曾指望莎拉能用自身的力量，解除艾娜的诅咒。现在看起来他是错了。瞧，艾娜多高兴啊！笑得那样甜美，充满青春和活力，如此一来，他的一切努力都值得了。

他犹记得多少个夜晚，艾娜在他的怀里痉挛抽搐，一边痛哭一边咬牙切齿地诅咒；又有多少个夜晚，他辗转难眠，为她苍白的生命和凄凉的未来哀伤不已。

如今的他是幸运的，艾娜恢复了健康，这比什么都重要。他再一次告诉自己：这么做是正确的，对于莎拉，他会想办法弥补。

特拉伊伸手替莎拉止血，她只流了大约四分之一的血，而且谢天谢地，她仍然有意识。他刚把止血的草末倒在她手腕的伤口上，突然听见艾娜的呼叫，连忙回头望去。

艾娜捧着肚子，脸上一阵青一阵白，五官痛苦地皱成一团，不住地呻吟。紧接着，她呕吐起来，吐出的血甚至比喝进去的还要多。她倒在地上，满手满身都是血，就像一只快断气的金丝雀，颓然挣扎，刚得到的活力也迅速从她身体里蒸发了。

"艾娜！""公主殿下！"特拉伊和贝塔惊恐地瞪大眼睛，同时扑上去，呼喊她的名字。对于突如其来的变化，每个人都显得惊惶失措，来不及反应，有些人的手还停在头顶，另一些人嘴里还含着最后一个欢庆的音符，不知什么原因使他们的公主倒在血泊里，气氛一下子僵滞了。

"哈……哈……"看见这一幕的莎拉不禁大笑起来。多么滑稽啊！想要得到鲜血的人反而付出了鲜血，人心邪恶，自食苦果，这便是报应啊！她真庆幸自己的血是有毒的，这比任何一句恶毒的谩骂要来得管用。"来啊，你们都来喝我的血，来吧，都来尝尝自己的良心！"

特拉伊失去了理智，暴怒地跳起来，揪着莎拉的脖子恶狠狠地威胁："你究竟做了什么？快告诉我！我发誓我不会放过你的！"

"我做了什么？我做了什么？"莎拉毫不示弱地瞪回去，"哈！这恰恰是我想问你的话。你！特拉伊先生，你究竟做了什么？"

"我……"特拉伊揪着自己的头发，强迫自己冷静下来，他捂着脸孔，颤抖地说："莎拉，

第十章 鲜血仪式

救救她，我知道只有你能救她，我恳求你！"

莎拉又笑了，"恳求我？你还不明白吗？仪式失败了，这只有一种解释，我根本就不是什么巫女！"

这简直犹如青天霹雳，特拉伊蓦地怔住了一下，随即又摇头喃喃自语：

"不，这不可能……"

莎拉被关押了起来，他们把她关在一间阴暗狭窄的屋子里，毫不留情地把她扔在地上，莎拉的脑袋不慎撞到坚硬的桌脚，撞得她头晕眼花、视线模糊。待看守的人出去之后，她摸索着爬起来，把头靠在床沿，然后，她抑制不住地号啕大哭起来。

她一边小心地触摸着伤口，一边上气不接下气地抽噎着，伪装的坚强已烟消云散，只剩下惶恐不安和孤独沮丧。一种莫名的屈辱感笼罩了她，浇灭了她的怒火，却点燃了她的忧伤。一想起特拉伊可怕的表情，她便觉得眼眶湿热，心中的苦倒也倒不完。谁来解救她呢？莎拉无助地闭上眼睛想。唉！不会有人来救她的，她被朋友出卖，被命运抛弃，再也没有比她更不幸的人了。

时间就这样过去，莎拉哭累了，倒在床头。这时，她听见一阵温和的声音从墙的另一边传

特拉伊（一名面容俊秀，身材挺拔健美，先天属性为黄）

所有人都欢呼起来，就连特拉伊也露出欣慰的表情，他原本担忧鲜血解决不了问题，还曾指望莎拉能用自身的力量，解除艾娜的诅咒。现在看起来他是错了。瞧，艾娜多高兴啊！笑得那样甜美，充满青春和活力，如此一来，他的一切努力都值得了。

来，那个声音也在哭泣，仿佛在呼唤某个名字。

莎拉敲了敲墙壁，对方立刻长长地叹了一声，低声呼唤："蓓拉……"

莎拉清了清嗓子，回答道："我不是蓓拉，我的名字是莎拉。你也被关押在这里吗，先生？"

温和的声音没有回答，跟着的只是一串长长的叹息。

"可怜的人！"莎拉心生感慨，"他一定也是受了什么冤屈，却无处倾诉，就和我一样，我为什么不帮帮他呢？"

于是她又敲敲墙壁，"先生，你为什么那么伤心？说给我听听，也许会好受得多，我与你同病相怜，也成了囚犯，而且还受了伤，我比你可要不幸得多啦！"

对方却答非所问，喃喃地道："不幸？是的，她很不幸。"

"她？她是谁？"

"蓓拉，我的另一半。"

"她是你的妻子吗？先生？"

温和的声音迟疑了半晌才回答："是的，我的妻子。"

"她好吗？如今在哪里？"

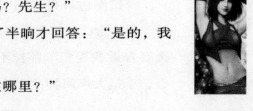

151

"她死了。"

"啊！我很抱歉。"莎拉嗫嚅地道，换了个舒服的姿势，继续把耳朵贴着墙壁。在对方低沉而含糊的自言自语中，她听到了一个名字，立刻叫了起来："爱兰格斯！这个名字我知道，她是一个高尚伟大的巫女，不是吗？"

"高尚？伟大？"那个温和的声音霎时变得冲动焦躁起来，那人仿佛用脑袋撞着墙壁，痛苦地嘶吼："爱兰格斯！她是一个虚伪的骗子！一个阴险的刽子手！"

莎拉大吃一惊，想不到他会如此刻薄地咒骂那位神一般的人物，于是说道："呃，我想我是弄错了，我们说的应该不是同一个人。"

"不，你完全没有弄错，我指的就是她。"那激动的声音立刻回答，伴随着急促的呼吸。

"这可不对劲，谁都知道她是个……"

那人立即打断她：

"听着，我给你说个故事，听完之后，你就会明白我的形容毫不过分！"

莎拉不由得再次感叹："唉，多么令人同情，他想念已故的妻子都想得发疯了，可他为什么要告诉我呢？"莎拉不愿意伤了这位好人的心，于是大声回答："好的，我听着哪。"

"在此之前，我必须向你说明我出生的环境、我的家庭，好让你对我有个初步的了解。你现在心底一定把我当作一个可怜的疯子，是不是？但你马上就会发现，我没有疯，这些年来我始终头脑清醒、保持理智——尽管我宁可自己发疯或者死去，以免受思念的折磨。"

　　那人顿了顿，喘了两口气，接着说道："我生在玄诺尔最大的魔法世家中，一出生便被家族寄予厚望，我的老师、仆人全都经过严格筛选，我的生活、我的前途、我的一切早早就被规划妥当，尽管我时常不满，但我并不抱怨，只是持着听天由命的想法，遵照家族的意愿，做我该做的一切。

　　我按部就班，缺乏热情，所有的事情对我来说都是可有可无，但是只有一样例外——我的爱情。我有一个妹妹，同父同母的亲妹妹，我看着她长大，花费心思呵护这朵体弱多病的花蕾，在我意识到错误之前，我已经越来越为她所吸引，一刻也离不开她。噢！你猜出来了？是的，我不顾一切、疯狂地爱上了她——我的亲妹妹！

　　这是多么可怕的灾难，不用别人提醒，我自己也发觉了。我开始逃避，用视而不见麻痹自己，用残酷的训练压抑自己，我甚至到遥远的南

岛去上学，试图彻底断绝我的痴心妄想。可是，这又有什么用呢？我对自己发脾气，我极度渴望她的灵魂，我寂寞得发狂，最后，我迫不及待地回到她身旁。

天晓得，你一定不会相信，我的蓓拉也在同样思慕着我。当她用含情脉脉的眼神对我说'我爱上你，我的哥哥'时，我当下就做出了决定，我要抛弃世俗的道德观念，和她厮守在一起。可这个决定却害了她，如今想想，我后悔极了！

二十二岁那一年，爱兰格斯回到北岛来，我的祖父请她做我的魔法导师，她是个年届三十的美丽女人，装束和举止皆受传统约束，天性高雅但是又深得人心。她指导我，并授予我'黯骑士'的称号，你得相信，我当时受宠若惊，兴奋异常。另外令我高兴的是，爱兰格斯很喜爱蓓拉。她温柔纯真，没有人会不喜欢她，所以我放心了，对这位导师言听计从，甚至……向她忏悔了——我用忏悔这个词，是因为我当时仍然心有顾虑，一方面固执地坚持自己是正确的，一方面又惴惴不安地渴望得到他人的认可，于是我坦白了一切。

可是，谁能想得到呢？爱兰格斯，这个不近人情的恶魔，她否定了我们，大声斥责，并把我们真挚的感情斥为畸形、肮脏、丑恶的毒瘤。不仅如此，她竟找借口支开我，对善良无知的蓓拉下手。噢！何其卑劣！可怜的蓓拉，她又有什么错呢？只是全心全意爱着一个人，这也是罪孽吗？她太单纯了，轻易地相信了巫女的鬼话，当她听说我抛弃了她，离她远去——这真是天底下最无耻的谎言，她相信了，且默默忍受。然后，在我不知道的那段时间，她把自己关在笼子里，遵照爱兰格斯那见鬼的指示，不吃不喝，为两个人犯下的罪孽忏悔，直到把自己吊死的那一天，她还在忏悔，乞求上天的宽恕。该死的！她就这样抱着对我的误解死去，天可怜见，她那时候还怀着我们的孩子！”

"你知道我有多难过吗？"墙另一头的声音哽咽了，声嘶力竭地喊叫：

"她离开了我，留下冰冷的尸体，我再也无法对她解释误会，再也无法向她传达我的爱，我有多么悔恨，你明白吗？"

莎拉情不自禁地打了个寒颤，对方凄厉的声音像一枚尖锐的箭头，深深扎进她的心里。

"你没吭声代表你理解了，你也体会到我当时的绝望了，是不是？那么对于我接下来的复仇，你也不会奇怪了。是的，我憎恨爱兰格斯，

这是理所当然的，我杀了她，剖开她的胸口，我想看一看，那里究竟有没有心……"

"别说了！"莎拉泪流满面，浑身打颤，脸色煞白，眼球惊恐地突出，死命瞪着那堵墙。她忽然想起那扇门，山吹树都长者骑士的房间，那扇门背后的场景再一次浮现眼前，胸口的窟窿、哭泣的心脏、女人的舌头、绝望的尖叫……现在，她终于清楚了！

魁梧的身影悄悄穿过城墙，走到莎拉的面前，叹息一声，低声轻问：

"那么，你全明白了？"

莎拉哆嗦着回答："是的，墨先生……"

第11章
逃出王宫

·

　　莎拉终于成功地脱下那令人窒息的束缚，感到一身轻松，她呻吟着躺在地上，缓缓舒展手脚。萨克仍然背对着她，白色的治疗魔法包围全身，她注意到他的袖口被烧成焦黑，裤脚破了许多处，左侧的腰带已经被血染红一片，手背上也布满伤痕。她撇撇嘴，心里忽然有些不忍，萨克这样厉害的人，或许从来没有让自己如此落魄过吧……

第十一章　逃出王宫

　　墨先生的头发原先是亚麻色的，如今呈现花白，卷曲缠绕在一起，乱糟糟地披散在两侧。他还不到四十岁，脸上却布满皱纹，眼圈红肿，胡子稀疏，嘴角的皮肤松弛下垂，难看地垮了下来。这个饱受思念和悔恨折磨的可怜人，活似个潦倒困苦的乞丐，若不是他的额头上戴着贵重的皇冠，是很难把他同一位尊贵的国王陛下联想在一起的。

　　他看着蜷缩在角落、把脸埋在臂弯里的莎拉，她显然已恢复了平静。他徐徐地、一字一句说道："你摧毁了我们的幸福，谋杀了蓓拉，也毁灭了我。"

　　"不！我说过，并已重复过千百遍，她是她，我是我，请别把他人的过错强加在我头上！"莎拉低声辩驳，身体又控制不住地开始微微颤抖。

　　他一步步逼近，"过错？我的巫女，你说了

什么？你承认这是过错，坦白你的罪孽，决心站在我这一边了？"

"你是对的，无论如何，爱兰格斯犯下了无可挽回的错误——但这只是我个人的想法。先生，你得明白，我不想和你作对。"

"你在哭泣，因为内疚而落泪，不是吗？"

莎拉迅速把脸上的泪水抹干，垂下脑袋，擤着鼻子说："请相信我，这不是因为内疚，当然也不是同情，我只是对于这个凄凉的故事产生应有的反应而已。"

墨不信地瞪大眼睛，用极其严苛的目光审视她，冷冷地说："你在撒谎！为了逃离这里，你试图用花言巧语来欺骗我。"

"我没有！"莎拉咬牙回瞪，一脸坦然，"你爱怎么想就怎么想吧，我无权干涉你的思想。"她想了一会儿，又补充道：

"但是你要知道，怀疑我即是对你自身的否定。我从来不认为两个人相爱是错误的，即使你们是兄妹，你认为我是在撒谎讨好你，其实那只是你自己缺乏信心。"

"哦……喔！瞧瞧你说了什么？你居然敢这么对我说话！"被触及内心，墨勃然大怒，揪起莎拉的头发恶狠狠地往墙上撞去。

"啊！"莎拉顿时闷哼一声，血腥味上涌，好半天也没喘过气来。

太糟糕了，她的身体无法动弹，吸气困难，她快要死了……莎拉半睁着眼睛望着墨，脖子以一种别扭的姿势歪斜着，手费力而又徒劳地抓着墨的手腕。

她望着这个自称不幸的人，忍不住感叹：唉！每个人都摆出悲情的面孔，哀叹自己是多么不幸，可是最为不幸的人是她吧？她被一路牵引着走向坟墓，被土掩埋到脖子了，却也没法子吭声哪！可是这又有什么关系？特拉伊说了不会放过她，他的表情那样认真，同样是死去，死在谁的手下都是一样的。

她发现墨的眼神停留在她的头发上，那是鲜艳的红菊色，红中带金，有着令人窒息的绚丽，如果它们蓄成长发，该有多耀眼呀！可惜以前贪玩的她不懂得，一不留神喝了美人鱼的泉水，便把它们糟蹋掉了。

红色映在墨的眼珠里，狂怒的他倏然松了手，像是被某种东西烫到似的，嘴唇忍不住颤抖了几下，却什么也没说出来。他高大的身躯摇晃着，手握成拳头，神情焦躁地开始在房间里来回走动。

蓦地，他抬起脸，一动也不动，仿佛在专注倾听着什么，口中犯疑地嘀咕："谁……谁破坏了结界？"

他的嘀咕很快转为咆哮，让莎拉的耳朵嗡嗡作响。

接下来的一段时间，整个城堡仿佛发疯似的摇晃起来，房间里的长柄扶手椅东倒西歪，墙上的油画纷纷掉落，厨房的盘子接二连三砸得粉碎。厨师们端着糕点，惊惶失措地逃离现场；矮胖的侍女提着衬裙尖叫着从马桶上离开，手里还挥舞着揉皱的草纸；纤细的小妖精们抱成一团，从走廊的一头飞到另一头，小翅膀扇下许多晶莹的粉末；病床上的艾娜公主叹息着翻了个身，喃喃的说着梦话；只有特拉伊无动于衷地紧握着她的手，默默注视她苍白的小脸。

与此同时，在城堡外的萨克骑士收起魔杖，稍稍调整气息，顾不得替自己受伤的手掌治疗，便飞快地跨进墨的结界——在数十分钟前，那原本是个完美、牢固的结界，可如今却破了一个难看的大窟窿，"嘶嘶"地冒着烟。

萨克回头对身后的独角兽说："你该走了，小姐，别和我在一起，这对你没好处。"

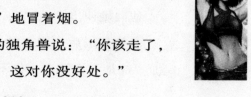

斐黛尔晃晃悠悠地飘在空中，仿佛没听到似的，事实上，自从萨克使用魔法强制破坏结界开始，她便张大了嘴巴，呆滞地盯着窟窿，不停地重复着：

"噢！真令人难以置信，这太可怕了……"

她从来没想过，竟然有人能够在拥有治疗魔法的同时，还能有如此巨大的破坏力。

"我一定是在做梦……看在老天的份上，一拳打醒我吧！"

不知什么时候，城堡的主人——黯骑士墨从莎拉的视线中消失了，就好像他从来没进过房间似的。莎拉挣扎着站起来，伤口不断抽痛，每块骨头都软得像天上的云朵，她好不容易抵挡住一波又一波的晕眩，扶着床走了几步，就在这时候，门突然发出"轰隆"一声，连带周围的墙壁一块儿坍塌了。

年轻的骑士萨克里菲斯就站在门口。

萨克看见了她，虽然狼狈不堪，至少还活着！他如释重负地吐出一口气，所有的担忧、自责和欣慰全然化成了柔和的微笑。

他向她伸出手，"来，莎拉，把手给我。"

莎拉却退后一步，警惕地瞪着他。

"这是怎么回事？你不认得我了？"萨克走

近她，想碰触她脖子上的伤痕，却被她躲开，他尴尬地放下手。"莎拉！你在怪我吗？对不起，我来得太迟了，你一定害怕极了，我很难过，但是不用再怕了，都过去了，好吗……唉，别这样看着我，我宁愿被你厉声责备，也好过无声的抗议。莎拉，不能原谅我吗？"

他几乎不敢望向她的眼睛，那里面有种破碎的东西，深深扎痛他的心。他含糊不清地叫着她的名字，情不自禁地俯下身试图抱紧她，却被她突然的尖叫声阻止。

"走开！别碰我！"莎拉神经质地叫了起来，踉跄着冲出房间。她的信任感已被摧毁，再也不能相信任何人、任何事！她只允许自己相信自己。

"莎拉！等等！"萨克追上前，但一瞬间，从脚底窜上一股异样感，他的身体自动做出反应向后跃起，落地的时候，一个冰凉的东西已经架在他的脖子上。

各式各样的人手持武器围堵过来，陆陆续续把他包围在中间。

这实在令人心烦！连一贯温文尔雅的萨克也显得不耐烦，他远远看到莎拉拖着虚弱的身体躲躲闪闪，最后消失在走道的转角，心中顿时仿佛

着了火，于是他合拢双手，施法的同时将魔法阵范围迅速扩大，只一会儿工夫，四周便安静下来。倒在地上的究竟是人类还是妖魔，他根本无心去留意，他的心思几乎全部用在搜寻那个红色的身影上，她近在咫尺，他却伸手不及，多么令人心焦！

然而，萨克很快就意识到自己走不了了。

他身体挺直，缓缓转头，不动声色地道："你好……墨先生。"

"很高兴你还记得我。"墨的声音粗哑，说话客套，脸上却看不出一丝高兴的情绪。

萨克淡淡地笑了笑，从身后抽出一柄短小的魔杖。魔杖非常普通，螺旋花纹的浅褐色椴木手柄，顶端镶着一块暗红的魔石，魔石含有杂质，是店里能买到的最便宜的那种。萨克很少使用它，许多人甚至认为他是从来不用魔杖的，当他取出它的时候，就是对方引起他足够的重视时，比如现在这个时刻。

"说起来我还得尊称你一声'前辈'，萨克里菲斯先生，你比我更早得到骑士的称号，不是吗？那时候你多大？八岁？还是十岁？我也记不清楚了。你瘦小得像根可怜的芦苇，眼神却比现在凌厉多了。她没准你参加那场战争，所以你活下来了是吗？真遗憾，对于你，我实在没有太大的印象。"

　　萨克不置可否，用魔杖敲击身侧的墙壁，说道："这里看起来不太结实，如果两名骑士同时施放大型魔法，我敢保证场面一定非常壮观。"

　　"大型魔法？你在说什么？"墨冷笑着向空中挥挥手，分毫不差地画出一个精致的召唤符文，不疾不徐地回答："说真的，你最好担心一下你自己，瞧，这可爱的孩子是世上速度最快的螭龙，牙齿锋利极了！你倒可以试试你的身体是否够结实。"

　　在螭龙骇人的叫声中，墨两手环抱于胸口，笃定地望着萨克，仔细分辨他脸上的镇定是否一种伪装。末了，他得意地仰起头，胡子随着轻蔑的笑容舒展开来。

　　那个名不副实的骑士，空有不凡的外表，却是十足的胆小鬼——他居然逃走了！哼！

　　是的，经过短暂的犹豫，萨克毅然做出这项决定。现在还不是时候，轻率地与黯骑士交手实在划不来，他没有万全的把握，何况，对方不屑亲自出手，这再好也不过了，他根本没有留下来拼个你死我活的理由，因为，他还有更重要的事要做。

他一边闪躲召唤兽的攻击，一边四处寻找莎拉的身影，由于无法静下心来搜索，使他无从得知她躲藏的确切地点。

"莎拉！莎拉！"他急切地喊着她的名字，盼望她改变主意，出来见他一面，可是天晓得，她仍然躲在无数个房间的其中一间里。无奈之下，萨克只得一间挨着一间寻找，但这给他造成了负担，片刻后，他身上便多了些不同程度的伤口。这么下去不妙，他必须想法子摆脱纠缠不休的螭龙才行。

这么想的同时，十分幸运地，他瞥见一个红色的影子怯生生地躲在房间角落。

萨克立刻停下脚步，"莎拉！"呼喊的同时，螭龙的牙齿从后攻击他，鲜血立时从他左腰喷溅出来。不过好在他攫住了她的手腕，千钧一发之际，他抱住了她，将她牢牢地搂到了自己的胸前。

一些小伤没有关系，谁会在乎呢？他可不在乎！他的头搁在她的肩膀上，闭上眼睛，十分欣慰地低声道："好了，莎拉，都结束了，我们离开这里。"

他再次打破结界，仓促逃离，留下了张牙舞爪的召唤兽，以及目光涣散的墨。

墨又从国王沦为乞丐，奋拉着眼角，长叹一声，带着颓丧隐身到黑暗中。

萨克带着莎拉降落在附近的小树林中央，树林里长着高大笔直的栗树，繁茂的野山灌木，以及遍地的红色浆果。在北岛，这样的树林很多，他不必担心有人追上来，事实上，如果要阻拦他们，墨早在城堡里就这么做了，那对他来说并不是难事，他肯定是有意放走他们的。

两人刚一到安全的地方，莎拉便推开他，转身逃走。

"别过来，我警告你！先生，我仍然无法相信你。"

出于对他的感激和尊敬，莎拉并没有用力吼出这句话。她迈着不太稳健的步子，向着未知的方向走去，要去哪里她自己也不清楚，只是她必须一个人独处，谁也别来打扰。

"别这样，好歹让我为你处理那些伤口，你难道不疼吗？"

萨克紧跟上去，想尽方法用好话安慰她，请求她的原谅。可是真令人沮丧，莎拉竟甩开他的手，恶狠狠地瞪他，他只得苦着脸，锲而不舍地跟随在后面，小心地保持一段距离。莎拉迈开脚

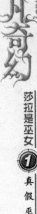

步逃跑，他也加速追赶，她猛地停下，他也跟着停下。

"得了！萨克，你别跟着我！"

"抱歉，恕难从命。"

莎拉懊恼地大喊大叫，又跑了起来。他也继续跟。

直到她再也跑不动了，连抬起腿的力气都没有了，于是，她气喘吁吁地找了一块光滑的石头坐下。

萨克暗自松了口气，疲倦地靠在树干上，终于有时间给自己疗伤，从昨晚到现在，他几乎一刻也没停下，的确够折腾的。

莎拉把手绕到背后，悄悄解着复杂的缎带。噢！这恼人的紧身束腰衬衣，要是再不解开，她准会闷死的！缎带原本打了两个漂亮的蝴蝶结，现在却被莎拉搞得一团糟，反而越缠越乱，全部纠结在一起。莎拉低咒一声，不耐烦地使劲拉扯起领口来。

萨克看见了，好心地问：

"我可以为你效劳吗？"

不问还好，这么一问，莎拉涨红了脸蛋，更加恼怒地骂道："走开，混蛋！别目不转睛地盯着我，快转过身子去！"

萨克不做声，照她的话做了。当听到衣服扯破的声音时，他忍不住扬起嘴角，在肚子里笑了起来。

莎拉终于成功地脱下那令人窒息的束缚，感到一身轻松，她呻吟着躺在地上，缓缓舒展手脚。萨克仍然背对着她，白色的治疗魔法包围全身，她注意到他的袖口被烧成焦黑，裤脚破了许多处，左侧的腰带已经被血染红一片，手背上也布满伤痕。她撇撇嘴，心里忽然有些不忍，萨克这样厉害的人，或许从来没有让自己如此落魄过吧……可是她又立刻命令自己硬下心肠，谁知道呢？他说不定也是和特拉伊同一伙的，装腔作势来骗取她的信任，她可不能再被骗了。

"好些了吗？莎拉？"萨克问。

"不怎么好。"她不知道他指的是衬衣还是伤口。"你就一直跟着我吗？"

"是的。"

"我到哪里你也跟到哪里？"

"你在这里不安全，我不放心。"

"可是我走不动了。"莎拉抱怨道，"我哪儿也不去，就想待在这儿。"

"如果你同意的话，我可以马上带你去邻近的村庄，找个舒适的旅馆，有美食和热水，还有

柔软的床让你好好休息。"他半跪在她的身边，伸手抚摸她卷曲的红发，"答应我吧，好吗？"

说实话，莎拉心动极了，差一点就要点头，她的身体的确非常需要美食和热水，当然，再有柔软的床就太完美了！可是萨克抚摸她头发，让她想起几乎快被遗忘的一幕，那时候，特拉伊不也是用手轻轻摩挲她的头顶吗？他还说了一句话，说如果哪天伤害了她，请她原谅。噢！她为什么不早点省悟过来？为什么没有早点发觉他那句话的涵义？

想到之前发生的一切，悔恨和屈辱一下子占据了莎拉的心头，她忍不住尖叫："不！我再也不会相信了！我恨你们……"

莎拉伤心地大哭，把眼睛揉得通红，泪水像小溪似的流淌下来，在她的胸口聚成水洼。

萨克顿时慌了，不知所措地愣在一旁，绞尽脑汁也想不出制止哭声的法子，他只好无奈地按着额头，让步了。"好吧，就在这儿吧，哪儿都不去了。唉……知道吗？有的时候你可真让人头疼，我的小姑娘。"

莎拉仍然大哭不止，萨克乘机从附近买来了食物、毛毯以及一些女式衣裙。为了防止莎拉偷偷逃走，他每买一样就立刻飞回来，看到她平安坐在原地，才放心去买下一样。这样反复奔波，等东西买齐的时候，他几乎累坏了。

接着，他架好树枝，升起篝火，把食物放上去烤。

诱人的肉香飘散开来，使得莎拉的哭声渐止，取而代之的是一长串"咕噜噜"的叫声，显然是从她肚子里传出来的。莎拉羞红了脸，使劲拧着肚子，可是它仍然不害臊地发出更大的声音，她羞得简直想钻到地底下去。

她偷偷瞥了一眼萨克，他似乎什么也没听到，专心地在肉上撒着佐料，于是她轻轻咳嗽一声，提起裙摆坐到火堆边。

萨克微笑地问："全都过去了？把伤心都哭光了？"

莎拉眼睛眨也不眨地盯着香喷喷的烤肉，睫毛还是湿漉漉的，回答道：

"恐怕我永远都做不到。"

"那把这些吃完，积蓄一点精力，你再接着哭，好吗？"

莎拉接过他递来的肉块，听到他有趣的说法，忍不住扑哧一笑。她咬了一大口，故作严肃地仰起头，"好啦，你就尽管嘲笑我吧！我不得不承认，你又一次救了我，骑士先生。"

171

　　萨克也配合地拉过她的手，贴在唇边，一本正经地回答："这是我的荣幸。"

　　莎拉舔舔嘴唇，又要了一块更大的肉，她可怜的胃都空了一整天了。终于填饱肚子后，莎拉喝着热茶，同时将身子靠在萨克怀里，把伤口交给他处理。

　　她叹息地说道："啊，我是多么倒霉！你知道的，对吗？特拉伊欺骗了我，他为了另一个女人毁灭了我。我就像只瞎了双眼的飞蛾，不明不白地投入火里，差一点就死在祭台上！或许你会说，只是一个人背叛我，没什么大不了的，但是对我来说——不论你相不相信——我曾经深深以为他就是全世界啊！"

　　萨克的手忽然抽动了一下，莎拉看不见他的表情，所以问他怎么了。

　　萨克沉默了一会儿，用一种在莎拉听来十分古怪的口吻说："即使全世界都背叛了你，我还是会站在你身前，为你遮挡一切风雨。"

　　"因为你是效忠巫女的骑士吗？萨克。"

　　"不，不仅仅是那样，我……"

　　他突然住口，咬着嘴唇，蓦然别过脸去……

第12章

陪你流浪

　　"真是好主意！我为你感到高兴，莎拉。"年轻的萨克骑士如释重负地笑了，他默默注视了她好一会儿，好像怎么也看不够似的。随后，他拉起她的手，将嘴唇贴着手背，印下长长的一吻。他道："如果不介意的话，就让我陪你去流浪吧！"

第十二章　陪你流浪

　　夜间的某个时候，莎拉醒来，向四周瞧了瞧，除了火堆散发出时而昏黄、时而明亮的金色光芒之外，一切都是黑沉沉的。

　　萨克仍然坐在火堆边，甚至没有移动过半步，只是手里多了本羊皮串起的白皮书，残破的表皮剥落下来，掉进火里发出"劈啪"的响声。

　　莎拉揉了揉眼睛，掀开毛毯，"对不起，我睡着了。"

　　"你一定是太累了，躺下吧，离天亮还很早，再睡一觉。"看了她一眼，他继续看着书。

　　半夜的空气寒极了，莎拉咕哝一声，又立刻钻进暖和的毯子里，将身体挪到萨克身边，把脑袋贴近他。他的侧脸十分好看，莎拉心想着，并且无论什么时候都挂着令她安心的表情。莎拉盯着他的手问道："这是什么东西？"

　　"一本古老的魔法书。"

　　她夺过来翻了几页，发现大多数的字都不认

识，于是意兴阑珊地还给他。"萨克，你难道不疲倦吗？还是你一向对自己过分苛刻，连睡眠的时间也省去了？魔法书有这么好看，值得你彻夜苦读？"

"你的说法令我愉快，但我其实并非你想象的那么勤奋。"萨克笑了笑，指指倒在不远处草丛里无法动弹的一支数目不小的妖精队伍，"看见了吗？它们对这儿情有独钟，想尝尝星空下露宿树林的滋味，这一点和你像极了，不过那时候你睡得正香，我可不愿意它们太过热情而吵醒你，便客气地请它们离开。你知道的，这些妖精身上偶尔也会带着有价值的物品，比如这本记载白魔法的古书，我刚看了开头就被深深吸引住了，不知不觉就看到现在。"

听了他的话，莎拉羞愧地垂下脸，嗫嚅地道："请原谅我的无知，真糟糕，我的良心上哪儿去了？原来你是在替我守夜。"

萨克耸耸肩，不置可否，他倒宁可莎拉这么以为。事实上，率真可爱的她就躺在身边，又是在一个令人想入非非的夜晚，他会有几分睡意大概只有自己知道吧。

"萨克，现在我们是不是该聊点什么？你独自守夜我很过意不去，但我也不希望这差事落到

我头上，既然我们都醒着，就说说话吧。"

唉！就猜到这一刻迟早会来临，莎拉的心思即使再单纯、迟钝，等她冷静下来，仔细思忖一番，总会想到什么的。萨克了然地叹口气，把书合拢，静静等她开口。

莎拉学不来拐弯抹角，直截了当地问他："墨和爱兰格斯之间的恩怨，你其实是知道的，对吗？那时候特拉伊有意隐瞒真相，你也在，可却什么都没说，这是为什么？你、特拉伊，还有你的老师，全都联合起来欺骗我吗？"

"这算不上欺骗，莎拉，老师有他的想法，有些事情……你越晚知道越好。"

"哦，是吗？那把我当作祭品绑成一团，割开我的喉咙，吸干我的血，这些事情我也越晚知道越好吗？萨克，看着我的眼睛，别把头转到一边去，你告诉我你不会对我撒谎，好吗？"

萨克照她的话做了，专注地望着她的眼睛。"我不会欺骗你，永远不会。"

"好极了，我暂且愿意相信你。"莎拉也同样注视他。

被如此透明澄净的眼睛凝视着，萨克的心口霎时收紧，忍不住将莎拉抱在怀里。他叹息道："莎拉，我得向你承认，这件事我有责任，请原谅我，我是知情的，在妖蝶村我就发觉事有蹊跷，却始终找不到机会来阻止。我早知道特拉伊有了心上人，在他这个年纪，这种事很正常；我也察觉到他的种种不对劲，但却不知道那人就是墨的女儿——十六年前从蓓拉肚子里挽救下来的婴孩。她继承了母亲的怨恨，深受病痛之苦，特拉伊就是为了她才……"

他停顿下来，好一会儿才接着道："虽然由我口中说出来不太妥当，我仍要请你原谅他，特拉伊做了伤害你的事，却绝不会要你的性命，这点我可以保证。"

莎拉其实很明白，不用说萨克，就连她自己，都隐约感觉到了不对劲，许多次，怀疑给她敲了警钟，她早该明白过来，然而潜意识里却为特拉伊开脱，这是为什么？

莎拉把萨克推开，茫然地盯着面前的火花，它们是那么耀眼炽热，她却几乎感觉不到温暖，她又往毯子里缩了缩脖子。

萨克连忙施法，火焰顿时窜上半空，他把自己的毛毯也递给她，莎拉没有理会这种善意的举动，害他尴尬的手晾在半空中。他不得不承认，她此时的表情认真得可怕，远远比真实年龄来得成熟，或者说，呈现出一种悲伤的严肃。

在这之前，萨克从没见过莎拉露出这种神情，他忽然感觉呼吸有些困难，一股强烈的预感掐住了他的喉咙，并击沉了他的心脏。就在他试图摆脱这种反常的异样感觉时，预感应验了，他听到莎拉无助、沙哑的声音。

"特拉伊……我喜欢上了他，我记不清从什么时候开始的，也许是那个失眠的晚上，也许更早。我对他的思念总是占据着我大部分的时间，我的眼睛也总是不由自主地看着他……"

萨克倾听着，他的眼睛不知道该往哪儿摆，他的微笑僵硬，甚至有股冲动想离开这里。

"别对我说这些，莎拉，停下吧！"一种说不出的无力感笼罩他全身。

"停下？说得容易，你教我怎么……'停下'？"这是她激烈的回答，"我是这样喜欢他，为他的忧郁伤心而烦恼，结果我得到的只是背叛……背叛！我的眼睛根本瞎了，我的情感被阴谋践踏，我会错了意，一个人自作多情，我像掉了脑袋的爬虫一样愚蠢……可是这一刻，我竟然还在想着他！天哪，我那固执的灵魂已陷进泥淖，淤泥和激流把我完全淹没了！"

接下来是一段长时间的静默，火堆的"劈

啪"声显得突兀，长长的细草在风中沙沙作响。

萨克的脸色越来越灰败，目光也越垂越低。

"真遗憾……"他突然微笑起来，轻声说道："我希望此刻在你面前的人是特拉伊，而不是我……唔，这番动人的告白却没有对一个合适的对象表达，我真替你感到可惜。"

"当然，你不是他，即使你是，也不能了解我的感受。好啦，我始终在抱怨，你厌烦了是不是？那么，我不再提他的名字了。"莎拉把头靠在膝盖上，心烦意乱地在地上画圈。

"可是……我现在该怎么办呢？按照你们的说法，我是一个……'见鬼'的巫女！这件事我本已相信，因为我无法怀疑亲眼所见的事实和亲耳所听到的真相。但是如今我感到迷惑了，我究竟是谁？我该干些什么？作个巫女还是当回莎拉？为什么？唉，我真的毫无头绪，情况比我预料的要复杂许多，或许，我该回到孤儿院去，就当作一切从未发生过……"

"莎拉，听我说。"萨克清了清喉咙，命令自己从一时的情绪低落中振作起来，他故作轻松地道："忘了不愉快的事吧，振作起来！要知道，你就是你，与你的名字或者身份都没有关系，没有任何人能够替你决定未来，一切都取决

于你的意愿，换句话说——你是自由的。"

"我可没有洒脱到可以放下一切，我的爱恨都强烈极了。"

"你可以试着这么做。"

"你的意思是，忘记我所受到的伤害，用时间来淡化一切吗？"

萨克笑了笑，"莎拉，我只希望你做出最好的决定，我也相信你可以。"

"啊——"莎拉苦恼地把一头卷发抓得像是团海藻，然后大声喊叫着跳起来，对自己说："不行！这样可不行。萨克是对的，我得打起精神来，逃避可不是我的作风，愁眉苦脸的模样太不适合我啦！"

她顾不得夜晚的寒风，绕着火堆苦苦思索，使劲挤着脸颊，把它拧成猪肝色。

末了，她终于握紧拳头，仿佛想明白似的自言自语："我必须干点什么，好让别人再也不敢小觑我，我的人生得由我自己来决定，我再也受不了任人摆布的滋味了！感谢这夜晚的冷风，它使我的脑子冷静多了。"

顷刻之间，沮丧和彷徨烟消云散了，一度被剥夺的活力又重新注入她体内，莎拉恢复了生龙活虎的模样。

这赢得了萨克赞许的目光，他也轻松起来。

"那么，我的巫女殿下，你有什么打算？"

"我还没有打算，可是今后我要像个高傲的吟游诗人一样流浪，萨克，这主意不坏吧？"她俏皮地眨眨眼，"我想到各地旅行，一边学习知识，一边寻找自己的价值，最重要的是，我必须知道我究竟是谁。"

"真是好主意！我为你感到高兴，莎拉。"年轻的萨克骑士如释重负地笑了，他默默注视了她好一会儿，好像怎么也看不够似的。随后他拉起她的手，将嘴唇贴着手背，印下长长的一吻。

他道："如果不介意的话，就让我陪你去流浪吧！"

十二个人名解读：

莎拉——命运

路要自己来走，命运靠自己掌握，是正是邪，一切取决于意愿。

特拉伊——背叛

背叛者的下场是：死！背叛的背后却是痛苦和无奈。

萨克里菲斯——牺牲

牺牲意味着……（暂时略过）。

席恩／嘎帝安——狗／守护者

狗狗是善良忠诚的动物，在值得守护的对象面前会变得坚强。

爱兰格斯——高贵

高贵的气质，伪善的外表。

墨——死亡

由光明堕入黑暗和污浊的过程。

艾娜——仇恨

仇恨是最大的悲哀。

斐黛尔——忠诚

现在看来，世上没有绝对的忠诚。

蓓拉——美丽

心灵和外表都美丽。

贝塔——野兽

另一个意思是：无药可救的笨蛋。

弗洛尔——花

美好而真诚的少女。

约代穆／长者骑士——我爱你

亲爱的人啊，我终生只爱你一个。

西岛赤路姬——红

东岛青布鲁——蓝

北岛玄诺尔——黑

南岛雪布兰——白

　　从墨王的阴谋中逃脱，莎拉变得更加成熟、勇敢，却无法再相信任何人。她和萨克流浪到了维艾特，一场欢乐的花祭让她开始正视自己对萨克暧昧的感觉，偏偏他们中间出现第三者搅局，令人惊讶的是，第三者竟是一只独角兽！?……

　　莎拉在嘎帝安家族的帮助下，拿回巫女的武器——紫风魔杖，也对魔法开了窍。一切逐渐好转时，特拉伊竟又出现在她面前，提出"魔法契约"作为交易，试图挽救深爱的艾娜公主。面对曾经背叛的人，莎拉却仍相信了他……

两白惹不相遇的一生，
携手展开一连串惊心动魄
的奇异冒险……

无忧界

风扬尘◎著

即将**火爆**推出

目不暇接的惊险场面、呼之欲出的神奇伏笔，
绝妙好评在网上！

　　拥有正宗皇室血统的阿南惨遭奸人所害，意外逃至无忧岛，凭着
睿智的头脑，成为岛主的精英手下之一。在执行任务的途中，他从人
口贩子手中救出来自异世界的林禹，并将他带回无忧岛……拥有特异
功能的林禹被岛主纳为精英一员，并指派他和阿南执行新任务——前
往斯图尔大陆盗取魔晶……

涅槃

非凡奇幻

奇幻魔法系列

若 湖◎著

魔幻史诗
王道之选

即将 **火爆** 推出

为了从佳诺王手中救回琉姝，澈影与莲迦一行人杀进希赖柯森皇宫，自此埋下引爆波拉达海战的导火线！

澈影带兵出征之际，琉姝被长公主驱逐出宫，再度踏上流浪旅程。意外造访难民营的她，不仅施展神术为难民带来希望，更率领众人打造新家园……

当凯旋归来的澈影循线找到琉姝时，居然遭到手持神器的男子袭击，两人双双坠入茫茫大海……漂流至荒岛究竟是福还是祸？前方还有什么更惊险的事件等待着他们？……

幽灵

蹀躞乌鸦 ◎ 著

恐怖力量步步逼近，挑战你的鸡皮疙瘩……

诡异离奇的事件不断发生
种种异迹象显示，真相绝不单纯！
无以名状的恐惧逐渐吞噬意识
看不见的东西，是否真的存在……

没有地下室的楼房，出现许多怪异的现象，地底总会发出叹息声或响亮的脚步声；一个印在门上的血手印；一只被开肠剖肚的死猫；一具死了半年的尸体嵌在墙壁里；一声声求救的呼喊及一间有着『传说』的一号房……

即将 火爆 推出

非凡奇幻
X-Fantasy

烟 圈◎著

异世天神的浩瀚传奇

将会为魔幻星球带来何种震撼？

缥缈神咒

现已 **火热** 推出

　　阿瑟斯军队能在库格大草原上大败特尔军队，风影狂无疑是最大功臣，然而在此士气大振而最适合乘胜追击之时，风影狂却坚持休兵，原因不明；此举引来一干将领的不满，密谋发动内部斗争……

　　因为某种来自贝克尔斯山脉深处的神秘召唤，风影狂义无反顾地出发寻找自己所属民族的精神象征——"龙"的可能线索。才刚踏入寂静的死亡之林，他就遇到一批业余"冒险者"，他无法得知他们的存在对他而言是帮助还是妨碍……

非凡奇幻文学网
www.ff71.com

飞象文化

夺其文学网
www.enovel.com.tw

吸血的獠牙

流水年华◎著

吸血鬼，究竟是什么样的生物？
——既不是神，亦非撒旦，更不是属于人类

　　情急之下动用血族力量的冯念恩，必须面对身份曝光后的危险。极力挣脱命运摆布的他，不但要寻找方法让自己变回人类，更要小心背后朝他伸来的魔掌……处女泪水的传说是一则谎言？而面对自己费尽心力才求得的真相以及对心上人的承诺，冯念恩决定舍弃人类身份，寻求血族的庇护。

　　没料到此举却将他推往炼狱……

非凡奇幻文学网　飞象文化　夺异文学网
www.ff71.com　　　　www.enovel.com.tw

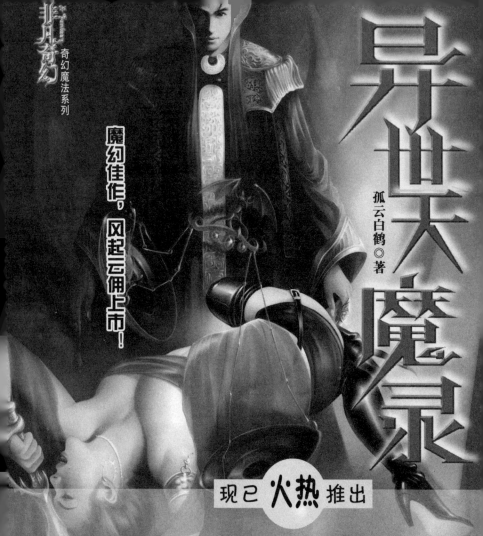

非凡奇幻

奇幻魔法系列

魔幻佳作，风起云涌上市！

异世天魔录

孤云白鹤◎著

现已**火热**推出

以暗黑主神身份重生的白鹤，带着魔族的希望踏上人类世界，身边当然不缺双美——神族公主艾莲娜及魔族高手夜羽相伴。他们目睹一条年轻生命因为不平等的阶级制度，受尽贵族凌辱而凄然惨死，白鹤心中激起涛天怒火，暗黑力量乘机焚去他所有理智，怂恿他抛去慈悲大开杀戒……他是否会被心中的魔鬼反噬，从此成为暴虐的魔神？

非凡奇幻文学网
www.ff71.com

飞象文化

夺英文学网
www.enovel.com.tw

这位史上恶名昭彰的女佣伊莉莎来自哪里，没人知道。而如此身份低下之人会被载入史册，原因是：她是导致大陆上的人类遭受大灾难的罪魁祸首！她一出现就把千百年来遭封印封住的怪兽放出，并煽动传说中的邪恶魔法师重出江湖，还让充满恐怖威胁的魔法阵得以完成……

最强！史上女佣手记

天上鬼 ◎ 著

现已 **火热** 推出

谁说女生就没有能力翻云覆雨？
且看一介无名小女佣
一跃而成史上最强魔法师
小心！当你开始翻开她的手记时
就已踏入她的魔法阵中了……

非凡盛卷书友会总动员

会员服务信箱：ff7171@sina.com

壹 "非凡盛卷"会员：填写入会申请表时，还有其他需要注意的事项吗？

(帆哥) (在填写"非凡盛卷书友会"入会申请表（见："非凡盛卷书友会"读者回函卡）时，请注意以下几点：①"姓名"一栏请填写您的真实姓名。为了及时准确核实您的会员资料，请勿填写笔名、网名或是英文名。②"通讯地址"一栏请翔实填写您所在的省、市（县）、区、路及门牌号，以避免因地址不详而致使书友会寄给您的信函遗失或被邮局退回。由于学校的地址不稳定，许多会员反映有丢失信件的现象，所以请您最好填写家庭地址或父母单位等较为保险的地址。③"QQ""E-mail""地址"和"电话"一栏请细心填写，以便俱乐部能及时与您联系并准确地将礼品送到您的手中。

贰 "非凡盛卷"会员：很高兴收到了"非凡盛卷书友会"寄来的精美会员卡。会员卡中所注明的会员卡号（7位）、会员用户名（7位）和会员密码（8位）三个号码，是做什么用的？

(菲姐) 俱乐部按资料核实顺序给每位会员都编制了一个7位号码，号码的第一个英文字母代表会员的等级，所以会员编号应有7位。会员用户名是由读者自己在读者卡自行填写的，必须要和在"非凡奇幻文学网"（www.ff71.com）正式注册的会员用户名相同。

叁 "非凡盛卷"会员：现在我是会员，要邮购"非凡奇幻文学网"上面的东西怎么办？我应该按哪一种等级会员价汇过去？你们不会搞错吗？那邮购单的附言要怎么填写？

(帆哥) 如果是金卡会员，通过邮局汇款邮购"非凡奇幻"系列图书均可享受7折优惠。请您首先在"非凡奇幻文学网"的邮购目录里找到您想要的、且现在仍处于热销中的书籍，然后向邮局的工作人员领一张汇款单，填写完收件人、寄件人的相关资料后，再将您需要的书名连同代表会员身份的会员编号填写在汇款单附栏里（如：《吸血的獠牙》①一本）。最后，您把书目定价的钱款及所需支付的邮费交给邮局工作人员汇到北京市100088信箱37分箱即可。

非凡盛卷书友会 会员须知

会员服务信箱：ff7171@sina.com

壹 入会流程：

①您只需将"非凡盛卷书友会"读者回函卡填好并邮寄给我们，您即可免费成为"普通会员"。②如果您想成为"金卡会员"，只需每年汇寄71元会费，即享有"非凡盛卷书友会"为您提供的金盾服务。③会费请通过邮局填单汇寄，请勿在信封中夹寄现金以免遗失。④为了使您尽快成为书友会的会员，请务必翔实填写您的真实姓名及所在省、市(县)、街道、门牌号码和邮政编码等，且在汇款单附言里注明您的联系电话、出生日期及性别 (见下图)。

中国邮政普通汇款单 (此单请向邮局柜台索取)

汇业 001-2

邮局打印	汇票号码　　汇款金额　　汇费　　手续费　　交易日期　　经办柜员

| 汇款方式 □现金—现金 □账户—现金　汇费及手续费支付方式 □现金 □账户扣收 |
| 回执方式 □投单回执 □短信回执　汇款人手机号码 |

汇款金额（小写）

拾	万	千	佰	拾	元	角	分

客户填写

收款人邮编 □□□□□□　收款人姓名 _____

收款人地址 _____

汇款人姓名 _____ 汇款人邮编 □□□□□□

汇款人地址 _____

汇出帐 / 卡号 _____

(帐户扣款金额1万元及以上填写) 汇款人证件 _____ 号码 _____

代办人姓名 _____ 证件 _____ 号码 _____

请把您所要购买的产品清楚地写在这里（只能写30个字哦!）

事后监督：　　　　复核柜员：　　　　经办柜员：

贰 会员福利：

①普通会员：当您向"非凡盛卷"购买"非凡奇幻"精品 (书籍及周边产品) 时，可享受 8.5 折优惠! 并有机会参加"非凡盛卷"举办的书友联谊活动。

②金卡会员：a.当您向"非凡盛卷"购买"非凡奇幻"精品 (书籍及周边产品) 时，可享受最优惠的 7 折待遇。您在省下一大笔开支的同时，还能拿到最时尚、最 HOT 的图书和精品，太合算了! b.金卡会员在过生日的时候，还会收到本公司提供的一份神秘礼物哦!

非凡奇幻 强力募集令

想象是故事的起点

欢迎新旧写手速来报到

透过字里行间行云流水般的劲道

挥洒出令人低迴不已的传奇

绽放无限光芒……

投稿办法：

★ 来稿请注明投稿类型为"奇幻小说"。

★ 整部作品须为长篇小说，预计可连载30万字以上，单本字数约在7~8万字左右（MS Word 计算），来稿请分章节、段落、场景及编页码，并附上创作大纲，详细说明故事设定及走向。

★ 手写稿或电子稿均可，手写稿字迹务必工整干净，如经录用，需自备电子稿档案，档案类型请使用 MS Word 或纯文字档，投稿时请用 A4 版面打印，并记得附上磁盘。

注意事项：

★ 来稿务必注明真实姓名、电话、住址、电子信箱等基本资料。

★ 国内投稿专用信箱：ff71Book@sina.com

★ 海外投稿专用信箱：yen@ifnet.com.tw

★ 创作不易，请尊重他人的知识产权、著作权，严禁抄袭、转译，违者自负一切法律责任。

非凡奇幻

打造奇幻小说新视野

安徽文艺出版社和非凡盛卷文化、飞象·映象文化

合力改变你的阅读味蕾

以有限文字，创无限可能

将八荒宇宙缩小在一方书页

奇幻文学——一块天马行空、纵横古今

和古人对话、和未来接轨的新阅读空间

读家抢先预告……

▲ 图书编号:ff001-002 **缥缈神咒** 1~2（作者:烟圈、已出）

▲ 图书编号:ff003-004 **吸血的獠牙** 1~2（作者:流水年华、已出）

▲ 图书编号:ff005-006 **异世天魔录** 1~2（作者:孤云白鹤、已出）

▲ 图书编号:ff007-008 **史上最强！女佣手记** 1~2（作者:天上鬼、已出）

▲ 图书编号:ff009-010 **莎拉是巫女** 1~2（作者:火烛草、即出）

▲ 图书编号:ff011-012 **奇异之旅** 1~2（作者:小狼、即出）

▲ 图书编号:ff013-014 **江山北望** 1~2（作者:夏璇、即出）

▲ 图书编号:ff15-016 **无忧界** 1~2（作者:风扬尘、即出）

▲ 图书编号:ff021-022 **涅槃** 1~2（作者:若湖、即出）

▲ 图书编号:ff025-026 **灵瞳** 1~2（作者:雪影、即出）

▲ 图书编号:ff027-028 **隋唐风云** 1~2（作者:骄子、即出）

▲ 图书编号:ff031-032 **幽灵** 1~2（作者:蹀躞乌鸦、即出）

▲ 图书编号:ff033-034 **创神传说** 1~2（作者:天兰水寒、即出）

▲ 图书编号:ff037-038 **法鲁西翁战记** 1~2（作者:徐三、即出）

▲ 图书编号:ff039-040 **赤天** 1~2（作者:班蝥、即出）

（定价:18.00元/册）

非凡奇幻严选巨献，狂掀风云上市！！

非凡奇幻文学网
www.ff71.com

飞象文化

夺其文学网
www.enovel.com.tw